Татьяна Батухтина

Рассказы
и
Стихи

IGRULITA Press, USA

IGRULITA Press
© 2011 Tatiana Batukhtina
                (Татьяна Батухтина)

ISBN: 978-0982626085
Library of Congress Control Number: 2011944315

Publishing rights by IGRULITA Press
For information address the Publisher at:
igrulita@vfxsystems.com

Paperback edition by IGRULITA Press 2012

Содержание

Паутина.

Влажная чёрная ночь прилипла к окнам. Запахи свежескошенной травы и полевых цветов делали воздух густым и пьянящим. Спартанский ужин из варёной картошки с сосисками завершал зелёный чай с мёдом.

Я – Макс для друзей и подружек, по образованию – астроном, по призванию – созерцатель, по жизни – программист в отпуске. Увлекаюсь дайвингом, поэтому приехал на Тургаяк – в переводе озеро мёртвых – понырять и проверить легенду, связанную с озером. Говорят, его холодные, прозрачные воды забирают грешных людей, и они стоят, покачиваясь, на его тёмном дне вечно, не меняясь, не умирая до конца и не оживая. Такая вечная пытка холодом и темнотой - разновидность Ада по Чубайсу.

Завтра должны приехать мои друзья по дайвинг-клубу Джон и Ольга. Они привезут оборудование для подводных съёмок, Я в качестве квартирьера приехал раньше и снял дом с сараем на берегу озера. Если бы мы знали, к чему приведёт мой ранний выезд...

В доме из всех удобств только электричество и телевизор. Так, посмотрим новости. Слегка искривлённый чёрно-белый диктор едва пробился сквозь шелест помех: « ... подземные толчки силой пять, шесть баллов зарегистрированы в Катер-граде. Разрушены многие здания...» Вид города с вертолёта, центральный район, высотки.. Чёрт – впечатление такое, словно чудовище откусило от многоэтажного дома, как от бутерброда с людской начинкой, и оно же потопталось многотонными лапами по улицам и домам – всё в развалинах. Хватаю сотовый – «Абонент временно недоступен» - безмятежно щебечет голосок в трубе на русском и английском.

Тут шкура Земли дрогнула под ногами, сотрясая дом... Телевизор погас, мебель шустро поползла к стене. Я упал и так же шустро пополз к двери. Ползти пришлось вверх и вправо по вздыбленному полу, упираясь локтями и коленками. Снаружи мирное озеро ревело, как океан. Волны плескались у самой двери. Я побежал по неглубокой ещё воде к церкви – она стояла на возвышенности.

Дорога к храму оказалась, как обычно, трудна и опасна. Ноги скользили на мокрой земле, Луна пряталась за облаками. Наконец, чёрный силуэт церкви навис надо мной, закрыв полнеба. Вода осталась позади. Вдруг я крепко треснулся обо что-то лбом. Сноп искр из глаз осветил силуэт креста. Точно, около церкви есть небольшое кладбище, успел подумать я, и земля ушла у меня из под ног.

Моя бедная голова пульсировала болью и казалась мне огромной, чужой и тяжёлой. На всякий случай осторожно ощупываю её руками. Большая шишка на лбу - в остальном, обычная голова симпатяги Макса. Руки, ноги целы... кажется. Пробую встать. Темно, как в могиле – похоже, в ней я и есть. Отвесные земляные стены – самому мне не выбраться. Спокойно, Макс, спокойно... Тщательно ощупаем стеночки ещё раз. Так, здесь земля осыпалась от землетрясения, и склон стал более пологим. Попробуем забраться... Чёрт, ... ноги провалились в пустоту, и я падаю ещё ниже.

Подземный ход вёл вглубь холма. Довольно высокий - можно идти, не сгибаясь, и просторный. Впереди показалось слабое свечение. Ход упёрся в железную дверь. Светились щели между дверью и косяком.

Дверь была закрыта на засов с моей стороны – чудны дела твои, Господи. Круглый зал, в центре земляного пола круг, выложенный сияющими цветными камнями. Это сияние освещало зал.

Других дверей, кроме той, в которую вошёл я, не было. Понятно, значит строители заходили сюда со стороны озера, поэтому и засов с той стороны. Сейчас выход к озеру засыпан, да и не хотелось мне в разбушевавшуюся ледяную воду. Вода в Тургаяке никогда не бывает теплее 10 или 11 градусов.

Геймеры всего мира поймут меня. Соратники по Doom, Quake и Half-Life. Если из подземелья нет выхода, надо попрыгать на орнаменте, на столах, порубить топором стены – тут-то дверка и откроется.

Я встал в центр круга. Мир зыбко качнулся, свет дрогнул и померк.

Такой же зал, только спектр свечения камней другой. Одна дверь, но засов внутри. Выход к реке был полузавален и основательно зарос кустами, так что теперь бренные останки моей одежды не прельстили бы и бомжа.

Снаружи благодать! Мелкая светлая речка струится по гальке. Позади крутой, обрывистый берег, напротив – пологий, каменистый пляж. Поотдаль, на возвышении красуется храм, сияя золотом куполов.

Знакомый пейзаж – Коуровка – далеконько меня занесло.

Макс легко забежал в воду, искупался, сполоснул одежду, разложил её на камнях и лёг, раскинув руки, глядя в небо. Теперь, пройдя по Пути, он чувствовал, как изменился сам. Он видел светлую паутину Путей между монастырями России, ощущал свою связь с этим миром и был готов, как Кандид Вольтера, возделывать свой сад, вернувшись домой, восстанавливать свой город.

Магия.

Солидный офис фирмы «Макс и Ко» украшал престижный район Катер-града. Выходя из чёрной VOLVO с купленным номером 001, Макс отметил, что тёплый майский ветер, перебирая зелёные листочки тополей, шепчет о любви. Правильно, сегодня на работу выходит Леночка – ладная фигурка и томные глазки. Подписывая накануне приказ о приёме её на работу секретарём, он испытал знакомое приятное чувство предвкушения более близкого знакомства.

Охранник напрягся при виде начальства, служащие, как смогли, приняли умный вид. Дверь в приёмную радовала глаз полированным дубом и бронзой таблички: «Генеральный директор». Мягко открыв дверь, Макс произнёс заготовленное заранее: «Доброе утро. Сегодня особенно...» - и осёкся. Леночка сидела за секретарским столом, стоящим боком к двери, в чудном бежевом полупрозрачном платьице слишком бледная и неподвижная.

Даже преувеличенное почтение к руководству не могло бы объяснить этот столбняк. Не закрывая дверь, Макс шагнул обратно в холл и крикнул охраннику: «Звони в скорую!». Подошёл к Лене, потрогал запястье безвольно лежащей на коленях руки – пульса не было. Сбежались люди – день был безнадёжно испорчен.

Несбывшееся трогает душу, иногда больно, иногда сладко – это был первый случай. Выяснилось, что в приёмную заходили двое мужчин в тёмных костюмах, чёрных очках, с тёмными кейсами. Охранник проверил их металлоискателем – оружия не было. Они сказали, что пришли договориться о времени встречи Макса с их боссом – руководителем крупной рекламной компании, принесли проспекты и проект договора. Ни шума борьбы, ни криков никто не слышал. Леночка якобы назначила время встречи, отыскав в плотном деловом графике Макса свободные два часа, и они вышли из здания минут за десять до его прихода на работу. Естественно, в названной ими рекламной компании никто об этой парочке ничего не знал. Поиски продолжались – преступникам удалось скрыться.

Лена была в коме – жизнь ещё теплилась в ней. Два дня над ней колдовали эскулапы в лучшей частной клинике Катер-града, Макс всё оплатил и ждал результатов обследования.

Наконец, девушка очнулась. Злоумышленников, которые прыснули ей в лицо чем-то из баллончика, помнила смутно. Единственное, что она повторяла при расспросах: «Люди в чёрном».

> Нежный запах тубероз
> Навевает сладость грез ,
> Ты анфас на фоне звезд,
> И в первый раз
> В моей руке твоя рука
>
> Градский.

Майский вечер, выпускной класс, одноклассница Юленька в гостях у Макса. Видеомагнитофон голосом Терминатора-Шварцнегера обещает вернуться. Родители на даче.

Подростки сидели, обнявшись, на диване, целовались. Звонок в дверь ворвался грубо, как грабитель, унося обрывки грёз. «Родители с годами приходят домой всё более некстати», - думал Макс, глядя, как Юленька, вскочив, одёргивала юбочку. Помогая папе заносить на кухню сумки с овощами, Макс видел, что Юля легко пробежала в прихожую, схватила плащ, сунула ноги в туфельки и вышла из квартиры. Её каблучки звонко простучали прямо по сердцу Макса, навсегда отпечатывая в нём свой след.

Сейчас эти следы сладко заныли, покалывая острыми иголочками, при взгляде на красивую брюнетку, эффектно расположившуюся в офисном кресле, скрестив ножки в лаковых туфельках на высоком каблуке. Худенькое тело девушки-подростка расцвело и приобрело изящные, совершенные формы.

«Юлия Михайловна, как я рад!» - промурлыкал Макс, сияя той же глупой, счастливой улыбкой, что и в тот весенний вечер. Ваша юридическая фирма станет моим любимым местом отдыха, если я буду иметь удовольствие видеть Вас здесь постоянно.

- Не надейтесь на безмятежный отдых, Максим. Вы пришли обсудить серьёзные деловые вопросы –

строго сказала обаятельная бизнес-вумен, но румянец на щеках и лёгкая хрипотца в голосе ясно говорили, что никто не забыт, и ничто не забыто.

- Этот проект договора готовила Ваша фирма. На них Ваша подпись, и я хотел бы подробно узнать о заказчиках – сказал Макс, протягивая документы, оставленные мрачными незнакомцами.

- Это конфедициальная информация, - ответила Юлия.

- Скоро за этой информацией придут из милиции, расследуя дело о покушении на убийство. Я хочу провести личное небольшое расследование, так как пострадал мой сотрудник.

- А я слышала, что напали на молодую красивую девушку, - невинно глядя ему в глаза, сказала Юля.

- Ну, - смущённо промямлил Макс, - тем не менее, она является сотрудницей моей фирмы.

- Хорошо. Их было двое, в тёмных костюмах, несмотря на жару, в тёмных очках, которые они не сняли даже в помещении. Заказывая проект договора на крупную сумму, люди обычно интересуются всеми деталями и нюансами подобных сделок – этих подробности не интересовали. Так что этот договор представляет собой обычную безликую заготовку. Боюсь, что не смогу Вам помочь.

- Ага. А что Вы делаете сегодня вечером?
- Иду домой, к мужу. А Вы?

- Ну, тоже домой. До свидания. Медленно и печально выходя из дверей нотариальной конторы, Макс ощутил, как чёрная полоса, гармонируя с расцветкой мрачной парочки, затягивается вокруг него мёртвой петлёй.

Шёл тёплый майский снег. Цветущие яблони безропотно принимали это ежегодное, неизбежное испытание их живучести.

Утро дома, в любимой комфортной квартирке, как всегда, успокаивало. Запах свежемолотого кофе ласкал обоняние, слух радовал шансон, зарядка и душ смыли усталость.

За окном бушевала пурга. Особенно эффектно в ней смотрелась зелень деревьев. Деликатное постукивание в дверь вызвало удивление, так как оба домофона: от входной двери в подъезд дома и на его этаже молчали. Кто мог проникнуть сквозь две железные двери, чтобы стучать в третью? Логика, цель такого поступка были непонятны. Да и события последних дней не располагали к доверчивости ...

Дверной глазок открыл зрелище благостного старичка, похожего на летний вариант Деда-мороза. Седая борода, седые кудри – только нос и куртка не такие красные, как зимой. Пургой занесло, не иначе, - подумал Макс, и открыл дверь – к тому, чтобы бояться Деда - мороза, он ещё не был готов.

Сказочный гость с удовольствием выпил предложенный кофе, похрустел поджаренными хлебцами и, довольно щуря весёлые, живые глаза, сказал: «Я должен объяснить тебе положение вещей, сынок, чтобы ты был готов.». «Готов к чему?» - спросил Макс. Дед-мороз помедлил, посерьёзнел и рассказал.

Черные люди   – это демоны из параллельного нижнего мира, средоточия зла. Они хотят захватить Землю - открыть дорогу для злых сил. Демоны вселяются в тела людей в момент смерти – душа человека при этом гибнет. Леночку убили, прыснув в лицо сильно - действующим ядом, и в неё вселился демон

Мешают злу проникнуть в наш мир, нашу реальность пути между храмами и их хранители – таким случайно стал Макс, прошедший часть пути во время землетрясения. Поэтому первая задача демонов – убить хранителей и превратить их в зомби. Вторая – захватить пути. Если по энергетической системе путей, охраняющей Россию, пустить злую энергию, наш мир погибнет. Сразу убить хранителя трудно, так как его охраняет энергия пути, поэтому тёмные силы действуют через близкое окружение противника – жён, детей, а за их отсутствием, через секретаршу – самого близкого к руководителю человека. Война между добром и злом идёт постоянно, и она идёт в душах людей. Некоторые добровольно выбирают зло, прельстясь быстрым исполнением желаний. Храни Мир, сынок.

Обалдев, Макс таращился на странного гостя, который договорил, допил кофе, с сожалением осмотрел опустевшую чашку, аккуратно поставил её на стол и ... растворился в воздухе. Макс помахал рукой перед лицом, отгоняя видение, потряс головой, зачем-то осмотрел пустую кофейную чашку и тоскливо застыл. Шиза цвела. Если после водки приходит белка, то после кофе, похоже, прёт чернуха. Встал, осмотрел кухню, прихожую... От гостя остался лёгкий запах ладана.

Куда Вас, сударь,
К чёрту занесло?
Неужто Вам покой
Не по карману?

Решение поехать в Коуровку, туда, где выходил на поверхность один из Путей, возникло само собой. Так было надо.

Утренняя полупустая электричка, будний день, мелькание деревьев за окном. Станция, дорога к храму. То, что таинственный Дед Мороз оказался в церкви, в облачении священника, не удивило. Чего-то в этом роде Макс ожидал. Отстоял службу, подошёл, сказал: «Вы были вчера у меня дома...»

- Нет, отправлял службу, как обычно... - прогудел священник.

- Никуда не выезжал.

- А я уверен, что это были Вы...

- И было тебе видение – внушительно сказал батюшка.

- А Мир хранить надо, сынок. Вот, возьми ка – он протянул Максу длинный узкий свёрток.

- Ты, я вижу, фехтованием занимаешься, тут у меня старинный меч припасён, как раз для тебя. Возьми, - веско произнёс священник, отметая возможные возражения.

- Так надо, дают – бери, бьют – сражайся. Демона можно убить только ударом в голову, лучше в глаза – там они живут, убив душу человека. Иди с Богом, сын мой, пора...

Макс пошёл ко входу в подземный тоннель. На каменистом пляже размялся – меч удобно лежал в руке. Два года занятий в школе фехтования оказались кстати. Действительно, не из газового же пистолета стрелять в демонов, и даже не

14

резиновыми пульками. Лезвие длинного, тяжёлого меча, украшенное серебристой, старинной вязью незнакомых букв, хищно блистало при выпадах и, казалось, жило собственной, непостижимой жизнью. Бережно вложив меч в кожаные заплечные ножны, так, что рукоять торчала из-за правого плеча, Макс пошёл к полузасыпанному входу в тоннель. Двое встали и вышли из-за ближних ко входу валунов. Чёрные очки не отражали солнца.
- Мы надеялись, что ты придёшь... - осклабился левый из близнецов.
- Здесь удобнее всего убить тебя, никто не помешает нам, и никто не поможет тебе. Правый мягким, кошачьим шагом стал заходить сзади...

Если б завтра Земли нашей путь
Осветить наше Солнце забыло,
Завтра целый бы Мир осветила
Мысль безумца какого-нибудь.
Господа, если к правде святой
Мир дорогу найти не сумеет,
Честь безумцу, который навеет
Человечеству сон золотой.

       Беранже.

Макс выхватил меч – длинное лезвие опасно сверкнуло текучим серебром. Противники отскочили, что – то гортанно крикнули друг дугу. Правый выхватил из-под полы чёрного костюма сгусток мрака, который тут же превратился в узкий, чёрный меч, не отражающий днсвного света. Левый, безоружный, отскочил в сторону, прижался к каменистому откосу и застыл.
- Потанцуем? – усмехнулся Макс, и нанёс прямой колющий удар мечом в живот чёрного. Тот

плоскостью опущенного острым концом вниз клинка провёл средний блок изнутри в клинок Макса, мгновенно развернулся влево и нанёс колющий удар мечом в грудь.

Макс отразил удар противника, отбивая наружу его клинок, извернулся, поднимая вверх правую руку, и нанёс колющий удар мечом в лицо атакующего. Чёрный вскрикнул, выронив меч, прижал руки к лицу. Очки от удара разлетелись мелкими брызгами, и на Макса глянул серо-синий человеческий глаз, полный боли и изумления, будто только что увидел происходящее. Второго глаза не было видно в кровавом месиве, оставшемся после прямого удара меча. Чёрная фигура безвольно уронила руки и, как кукла, тряпично сломавшись в коленях, упала ничком, пачкая камни красным. Второй взвыл и прыгнул к оброненному чёрному мечу. Что ж – этого следовало ожидать. Макс встал в боевую правостороннюю стойку.

Этот противник дрался слабее, но и Макс уже устал, ноги скользили по каменной осыпи, пот заливал глаза. Выпад, финт, уклон, нырок, звон столкнувшихся клинков – бесконечный танец был красив и смертельно опасен.

Вот чёрный ударил слева мечом в голову Макса, тот провёл верхний, боковой блок снаружи своим мечом в клинок атакующего.

Демон, держа меч обеими руками, нанёс рубящий удар сверху вниз в голову Макса, тот сделал шаг назад правой ногой, разворачивая острый конец меча влево, провёл верхний блок в меч атакующего, обошёл его быстрым, скользящим шагом и контратаковал рубящим ударом в голову.

Глядя на умирающего демона, Макс вспомнил наставления Конфуция. «Когда нас используют, мы действуем; когда нас отвергают, мы удаляемся от дел. Только я и вы можем так поступать».

Случай на побережье.

Лечь бы на дно,
Как подводная лодка
И позывные не передавать.
В. Высоцкий.

Плыть на границе воды и воздуха приносило радость, так же, как и нежиться в горячих, целующих кожу, солнечных лучах. Прозрачные волны Средиземного моря создавали ощущение полёта, медленного парения над далёким дном, цветными рыбками и камнями. Было прекрасно, заплыв подальше, качаться на волнах, растворяясь в вечном плеске, блеске, глубине, мощи и ласке волн. Море дарило покой. Суетливый пляж, раздражающий днём многолюдьем и крикливым многоголосьем, вечером был приемлем. Чайка прошла на бреющем полёте, наискось перечёркивая уже отливающий красным желток Солнца. Томно полуоткрытые веки позволяли видеть берег моря и закат.

Две польки топлес загорали у кромки воды лицом к закату. Напротив них сидел на корточках ошалевший молодой турок, весь превратившись в глаза и бормоча что-то невнятное. Жара, август,

Средиземноморье, пляж. Юля вырвалась на две недели из круговерти дел и приехала поплавать, отдохнуть, разобраться в себе, в осложнившихся отношениях с мужем, заморочках в бизнесе и прочем, нарушающем душевный покой.

Странные вещи творились в отеле. Утром зарядка и душ в уютном номере с видом на парк и море, завтрак, пляж, безмятежно-прозрачное море, экскурсии по древним развалинам, шопинг, ужин на ярко освещённой террасе в рано наступающих южных сумерках, колоритная фигура шеф-повара в красном пионерском галстуке на фоне звёздного неба, гибкие, смуглые мальчики-официанты, с томной улыбкой разносящие заказанные напитки, прогулка по тихому парку – сон после такого дня в прохладе номера с кондиционером должен был быть крепким и сладким, но Юля вставала утром разбитая, болело всё тело, и сегодня она заметила на руках и ногах синяки. Юля не помнила, чтобы где-то ушибалась, не лежала на мелкой гальке пляжа – там были удобные лежаки, и эта ситуация смущала и тревожила её. Постеснявшись идти с синяками на пляж, Юля решила пройтись по магазинам - в курортном городке они встречались на каждом шагу.

Утро было промозглым, сеял мелкий холодный дождь, иногда переходящий в снег. Добавил холода в сердце и звонок Юли. Слабым, прерывающимся голосом она попросила помощи.

- Я в полицейском участке Анталии, - сообщила она буднично, так, как говорят о погоде, о надоевшем дожде.

- Приезжай, Макс, мне нужна твоя помощь. Я не могу позвонить мужу – не хочу, чтобы он знал..

- Что знал, - закричал Макс..

- Адрес полицейского участка..., номер телефона..., - и короткие гудки.

Чёрт, дела, планы, своя личная жизнь скользнули под откос, однако вечером он летел в Турцию. Юля, давняя школьная любовь, сотрудница преуспевающей юридической фирмы, никогда не обращалась к нему с просьбами. Что могло случиться, о чём она не могла рассказать мужу, а только ему, теперь далёкому от неё человеку? Вопросы множились, превращаясь в вопросительные ряды, поля, луга и речки, созерцая которые, Макс задремал.

Аэропорт прибытия встретил жарой, разноязыкой суетой и запахом пыли.

Юля держалась скованно, говорила тихо.

- Прошлась по магазинам, погуляла в парке и зашла в летнее кафе – по сути несколько столиков, поставленных в тени деревьев на берегу, заказала кофе Cappuccino.

Ко мне за столик подсел русский мужчина, представился Алексеем. Высокий, полный, лысый, в очках. Он постоянно улыбался, показал мне цветные фото. Она замолчала, опустила глаза. Потом вскинула голову и сказала, с вызовом глядя на Макса.

- На фото была я и.. другие люди. Я их не знаю и не помню, чтобы меня снимали.. в таком виде. Чёрт, да я вообще НЕ МОГЛА быть в таком виде.

- Я думаю, меня усыпили в номере и сделали эти фото.

Алексей сказал, что пошлёт фото мужу, если я не заплачу миллион долларов. Этот подонок хотел, чтобы я позвонила мужу и попросила прислать деньги. Мало того, что таких денег у нас нет, я не хочу сообщать Борису, что меня шантажируют такими снимками. Возможно, я повела себя неправильно, сказала, что заявлю на них в полицию, что я его прекрасно запомнила и вскочила, чтобы уйти. Он схватил меня за руку, чем-то уколол и.. дальше я ничего не помню.. Очнулась я на яхте, откуда сбежала через иллюминатор ванной комнаты и проплыла полтора километра от яхты до берега. Пришла в полицию и позвонила Максу. Причём в полиции она сказала только, что её ограбили, украли деньги, документы, назвав вымышленные приметы преступников, и ей нужно позвонить другу. Всё это, чтобы избежать огласки.

Борис страшно ревнив, если он узнает о снимках, а мафиози грозил напечатать их в журнале и прислать ему, их брак, и без того не идеальный, разрушится. Небольшой саквояж стоял на столе в каюте, мимо которой она пробегала, дверь была открыта.. Ей пришло в голову, что нужны доказательства того, что её похитили и КТО похитил. Она не знала, что в чемодане. Привязала его за ручку к спине поясом от платья, прыгнула за борт и поплыла. Открыла его уже на берегу – если бы не устала до полусмерти от марафонского заплыва в чёрной, страшной воде ночного моря, умерла бы от удивления. Как оказалось, она сбежала, захватив чемоданчик с золотыми украшениями и бриллиантами, привезённый одним из мафиози и предназначенный для отправки в Россию на продажу.

Деньги всегда имеют хозяев, - сказал Макс, - а большие деньги, к нашему сожалению, имеют опасных хозяев, обладающих средствами и связями, чтобы нас уничтожить..

- Ты говоришь «нас», - удовлетворённо улыбнулась Юля.

- Более того, я ДУМАЮ о «нас», - мягко сказал Макс.

- Что ты хочешь сделать с саквояжем? Тебя я могу вывезти из страны сегодня, с чемоданом драгоценностей возникнут проблемы..

- Ну не возвращать же их гангстерам, - Юля пожала плечами.

Макс улыбнулся, глядя на милое, усталое лицо. В глубине души он был эгоистично рад обрушившимся на неё проблемам, потому что именно они заставили её позвать его на помощь, но постепенно он осознавал всю сложность и опасность ситуации, в которой они оказались.

- Мне нужно позвонить в пару мест и мы поедем к отель, там ты отдохнёшь.

- Хорошо, - с радостным облегчением от того, что теперь не нужно принимать решения самой, вздохнула женщина.

Перебирая прозрачные камушки, такие невзрачные на вид и так дорого ценящиеся людьми, что они готовы были убивать за них, Макс размышлял. Из спальни в гостиную вышла отдохнувшая, посвежевшая Юля, улыбнулась ему, даря ощущение тепла и покоя, присела рядом, на подлокотник мягкого кресла.

- Я думаю, - сказал Макс, - тебе нужно улететь в Россию сегодня. Вот ключи от моей квартиры, отдыхай, жди меня. Я попробую найти этих деятелей и разобраться с ними, чтобы похищение не повторилось.

- Я останусь и помогу тебе. Мы уедем вместе.

Этот упрямый, дерзкий взгляд Макс знал и не стал спорить, только спросил:

- Рыжьё.. ты хочешь взять его себе?

- Лично мне оно не нужно, но я не хочу, чтобы оно досталось преступникам.

- Оно им не достанется, скорее я его утоплю, - улыбнулся Макс.

- Мои документы и деньги остались у гангстеров, напомнила Юля.

- Я привёз пару паспортов на выбор, посмотри.

- С визами?

- С визами, с визами..

Поцеловав Юлю и взяв с неё клятвенное обещание не выходить из номера и никому не открывать, Макс поехал по давно знакомому адресу, где и не думал показываться при обычных обстоятельствах. Бывший земляк, умелец на все руки, Кулибин, Левша и Эдисон в одном лице, работавший в секретном КБ, разрабатывающем оружие для шпионов и диверсантов, по слухам, помаявшись в безденежной перестройке, связался с мафией, уволился с основного места работы и теперь отдыхал от трудов праведных и неправедных в собственной вилле на побережье. Какие секреты и кому он продал, было покрыто мраком, но в одном Макс был уверен, Левша продавал собственные разработки, не востребованные родным государством. Теперь, перед разборкой, нужно было оружие, не привлекающее внимания полиции, то есть базука Шварцнегера, увешанного патронташами, не годилась.

Левша встретил настороженной улыбкой: - «Какими судьбами занесло к нам компьютерного гения?» Уважая ум и проницательность старого знакомого, Макс рассказал правду без имён и подробностей.

- Сам понимаешь, я приехал пустой. Дома в сейфе есть небольшой арсенал, но тащить его через границу было бы безумием. Мне нужно что-нибудь, стилизованное под обычные житейские предметы, но стопроцентно убойное и безотказное.

- Да, задаёте вы задачки, господин директор, - протянул Левша, но по загоревшимся глазам старого оружейника было видно, что именно такие задачки доставляли ему истинное наслаждение.

- Есть пара штучек. Пойдём, посмотришь.

В подвале виллы, замаскированная раздвижными дубовыми панелями железная дверь скрывала за собой отлично оборудованный стрелковый тир и сейфы с разнообразным оружием. Тут мог бы вооружиться и старина Арни, базука наличествовала, но преобладало различное стрелковое оружие. Пистолеты Макарова специального образца с прищёлкнутыми приборами беззвучной и беспламенной стрельбы, именуемыми в просторечии глушителями, пистолеты-пулемёты «Узи» - лучшее в мире оружие для ближнего боя, новейшие высокоскорострельные автоматы «Кипарис» и многое другое украшало эту редкую по полноте коллекцию.

Однако Левша, мельком показав это богатство Максу, которого знал, как истинного ценителя и знатока различного рода вооружения, с заговорщической улыбкой подвёл его к небольшому по размеру сейфу, скромно стоящему в дальнем углу подвала. Открывшиеся взгляду канцелярские товары, бижутерия и прочие мирные предметы резко контрастировали с окружающей обстановкой и казались лишними в этом пропахшем железом, оружейной смазкой и порохом аскетичном пространстве. Левша любовно взял в руки авторучку.

- Это инфразвуковой депрессатор. Через несколько минут после включения он заставляет человека выброситься из окна, повеситься или застрелиться. Жить дальше кажется невозможным. Вот зонтик с ядовитыми шариками в острие, для летального исхода достаточно одного укола сквозь одежду. Всё прочее в том же духе.

Макс выбрал понравившиеся образцы, договорился о цене, выписал чек и распрощался, загрузив покупки в машину. Кроме замаскированного под обычные предметы оружия он взял пару пулезащитных жилетов «Кора», костюмы для подводного плавания и специальные подводные автоматы со спецпатронами. Поколебавшись, взял итальянскую пятнадцатизарядную «Беретту» с запасным магазином.

Прозрачная синева воды сгущалась внизу до чёрнильного мрака. Там чудилось движение опасных тварей, чуждых миру людей. Впрочем, возможно, и не чудилось. Макс поправил автомат, стреляющий под водой спецпатронами. От него теперь зависела их с Юлей безопасность, взглянул на подругу, бесшумной тенью скользящую рядом.

До яхты мафиози они добрались благополучно, теперь предстояло самое главное – драка. Закрепив на бортах инфразвуковые депрессаторы, они отплыли на безопасное расстояние, и Макс нажал кнопку дистанционного управления. Было интересно посмотреть, как волны ужаса и смертной тоски, затопившие сейчас яхту, влияют на её крутых и наглых пассажиров. Пара разноголосых, невнятных, звериных воплей и тяжких всплесков рассказали о судьбе двоих. На судне началась беспорядочная, быстро смолкнувшая стрельба.

- Хоть бы они все друг друга перестреляли, - мысленно потёр руки Макс, выждал пару минут, выключил депрессаторы и, сделав знак Юле следовать за собой, поплыл к яхте.

Отсоединив излучатели от бортов, чтобы у полиции не возникли лишние вопросы при расследовании пьяной ссоры, в которой бандиты перестреляли друг друга - о том, что на борту каждый день пьянствовали, поведала Юля - подводные мстители выждали несколько минут и, забросив на поручень узловатую верёвку со стальным крюком на конце, вскарабкались на борт, осмотрелись. Тишина нарушалась лишь плеском волн о борт яхты.

Жестом приказав Юле оставаться на месте и не шуметь, Макс бесшумной перебежкой достиг распахнутой двери каюты, заглянул внутрь..

Спасаясь от нахлынувшей волны дикого ужаса, бандиты стреляли друг в друга, так как у примитивного интеллекта ответом на страх является агрессия. Два трупа в живописных позах застыли в этой каюте и три в следующей. Дверь третьей каюты была закрыта на ключ. Макс прислушался. В тишине ясно различались звуки тяжёлого храпа – там кто-то спал. О пользе сна в стрессовых ситуациях, пришло на ум прекрасное название статьи для журнала по психиатрии. Обыскав камбуз, пустую рубку и остальные помещения стоящей на якоре яхты, Макс вернулся к Юле посоветоваться.

- Спящего убивать не надо, если мы найдём негативы снимков, которыми меня шантажировали, - сказала Юля.

- Хорошо, - сказал Макс. Негативы они действительно нашли в распахнутом сейфе одной из кают.

- Похоже, здесь кто-то сильно искал саквояж, - протянул Макс, с улыбкой глядя на Юлю.

- Ну что, поплывём домой на яхте, - легкомысленно спросил он.

Юля улыбнулась. – Нет, мы въехали в страну легально, так же надо её и покинуть. Мой паспорт мы здесь нашли, авиабилет и вещи в номере моего отеля, улетаем завтра, да?

- А саквояж, - спросил Макс.

- Оставь на хранение в сейфе Левши, с его связями он найдёт способ переправить его в Россию или реализовать товар здесь через сеть мелких магазинчиков маленькими партиями.

- Мудрая ты моя, - сказал Макс, - Действительно, реализовав товар здесь, он может легально отправлять в Россию ходовые товары, скажем, дублёнки, это мысль. За солидные комиссионные он может за это взяться.

- Даже если он и утаит от нас часть доходов, мы не приедем с ревизией, - хмыкнула Юля.

Макс серьёзно взглянул на неё, - Нет, кидать меня, как лоха, он не рискнёт. Поплыли?

- Да, милый, - сладко улыбнувшись, сказала она.

Дымка.

Сладко, когда на просторах морских
        Разыграются ветры,

С твёрдой земли наблюдать за бедою,
Постигшей другого.
Лукреций «О природе вещей».

«Как омерзительно в России по утрам, особенно после вчерашнего упоительного вечера», - сказал бы лаборант Сидорчук, если бы был в состоянии разлепить запёкшиеся губы, но он мог только жалобно стонать. Так как в ответ на жалобу никто не поспешил на помощь, Олег решил открыть глаза и осмотреться, где он и где его вещи? Дерзкое намерение открыть глаза потерпело фиаско в самом начале – опухшие веки не слушались. Впору было возопить, как Вий: «Поднимите мне веки», - но... возопить он тоже не мог.

Тяжёлое алкогольное отравление, поставил он сам себе профессиональный диагноз и тут же прописал лечение – ползти в ванную и принять душ. Через полчаса Олег был в состоянии посмотреть на себя в зеркало – бледное, отечное лицо, красные вампирьи глазки зловеще посверкивали под набрякшими веками, и всё же снаружи он выглядел лучше, чем чувствовал себя внутри.

Понедельник, 8 утра, оставалось полчаса, чтобы прибыть в родной сверхсекретный почтовый ящик, то есть военный институт биохимии, разрабатывающий бактериологичес-кое оружие, и приступить к высоконаучным опытам. Благо, институт находился в центре огромного города, и с транспортом проблем не было. Кофе, густой до майонезной консистенции, общий автобусный массаж и свежий, как огурчик, т. е. зеленоватый и в пупырышках на небритых щеках, он прибыл вовремя. «Уф, сейчас бы не трогали до обеда», - думал Олег: «Там полегчает, может быть..»

Его мечта почти сбылась: уже перед самым обеденным перерывом его попросили перенести контейнер с образцами вируса из лаборатории А в лабораторию Б. Тщательно сохраняя равновесие под взглядами остепенённых коллег в белых халатах, он вышел за герметично закрывшуюся за ним дверь лаборатории А в длинный пустой коридор, прижимая к себе тяжёлый контейнер, как родной. На середине тернистого пути ему стало плохо: пустой желудок обиженно скрутился в жгут и послал в мозг острый сигнал тошноты и боли. Олег конвульсивно согнулся, успев краешком оглушённого болью сознания заметить медленный, ленивый кувырок ящика с образцами. Контейнер хрустко ударился углом, отскочил от цементного пола и рухнул на бок. Герметично закрытая по инструкции металлическая крышка должна была выдержать любой механический удар, но, насколько видел мгновенно протрезвевший от ужаса Олег, она была полуоткрыта, и из чёрной внутренности контейнера лениво струилась серая дымка испарений от разбившихся стеклянных колб с образцами вирусов. «Ага, не закрепили, как следует, инструкцию не соблюдают», - с глупым злорадством прошептал он, оседая на ослабевших ногах на пол, рядом с ящиком.

Это были последние, прозвучавшие на этом свете слова лаборанта Сидорчука, и в каком-то смысле его забота о соблюдении инструкций была по - своему трогательной, возвышавшей его нелепую, на первый взгляд случайную, как многие смерти, смерть до пафоса начала трагедии.

Серая дымка лениво покурилась ещё несколько минут, плавно обтекая неподвижное тело, и легко растаяла в воздухе, не отличаясь от него ни цветом, ни запахом. Открылись герметичные двери обеих лабораторий и дверь, ведущая из коридора во внутренний двор института. Спешащие на обед люди, не сразу заметив и поняв открывшуюся перед ними картину, практически споткнулись о щуплое, скорчившееся на бетонном полу тело, казалось, тянущееся в последнем порыве к полуоткрытому контейнеру. Поднявшийся между открытыми дверьми игривый сквознячок, легко понёс любовно и тщательно выращенный в недрах института вирус в город, к ничего не подозревающим, любящим, ненавидящим, страдающим, смеющимся и плачущим, скучающим, спешащим на обед, смешным, умным и глупым беззащитным перед ним людям. Вирус, как рукотворный жестокий божок, не делал различий и исключений ни для кого.

Мутанты.

Человеческая природа, мягкая, изменчивая, как глина, совершает замысловатые скачки эволюции, создавая, казалось бы, тупиковые ветви развития, не нужные при обычном течении жизни. Брюнетки и альбиносы, блондинки и кавказцы, сангвиники и холерики, одни люди боятся высоты, другие скорости, некоторые любят жару, а кто-то холод – это бесконечное разнообразие генотипов и психофизических особенностей позволяет человечеству выжить в изменившихся условиях. Аналогично обстоят дела у флоры и фауны. Конечно, вирус был не просто изменением условий, а катастрофой, но и он, хитроумно задуманный и выращенный, не смог убить всех людей и зверей в зоне поражения, накрывшей город.

Убивая при большой концентрации практически мгновенно, он слабел, рассеивался к окраинам, давая возможность людям убежать, предупредить скорую помощь, полицию, армию и разнести себя всё дальше и дальше. Заражённые малой дозой, болели дня два-три и умирали от жара и удушья.

Паника росла, как снежный ком, сметая государственную машину и стирая с людей лёгкий налёт цивилизованности. Высоко-поставленные чиновники пытались спасти себя и своих близких в бункерах, предназначенных для ядерной войны. Там большинство и погибало, так как вирус легко проникал в систему вентиляции. Душераздирающие сцены предсмертных мучений, истерик и помешательств безмятежно снимали встроенные в стены видеокамеры и транслировали в давно опустевшие помещения охраны. Впрочем, повинуясь трудно объяснимому чувству чёрного юмора, некоторые операторы включали эти трансляции в сетку новостей вместо обычных комментариев политиков на злобу дня.

Запомнилась театральная постановка смерти Жикиновского в окружении скорбящих о гибели вождя молодых людей, изредка хватающихся за горло, и падающих рядом.

Выжившие и не сошедшие с ума, хоронили близких и искали себе подобных, сбиваясь в стаи или стада в зависимости от наклонностей. Оружейные магазины грабили охотней, чем продуктовые. Вожаки, лидеры от природы, вооружались, чтобы защитить близких, поверивших им людей. Волки-одиночки вооружались и для нападения и для защиты. Так как процент выживших среди преступников, маньяков и садистов был примерно тот же, что и среди обывателей, шанс наткнуться на человекообразного, ловящего кайф от мучения себе подобных был таким же, как в прошлой жизни, возведённый в энную степень вседозволенностью, отсутствием подавляющей насилие насилием государственной машины и поголовным вооружением. От постоянной войны всех со всеми спасала малая численность оставшегося населения.

Мне приглянулся короткий автомат «АКС-74У», знакомый с армии, и пистолет-пулемёт, пробивающий лёгкий кевларовый броник – обычную жилетку нынешних проклятых дней. Десантный нож за голенищем и «Макаров» за поясом завершали вооружение. Как говорил наш ротный: - «Своя кобура ближе к подмышке», - однако выхватить пистолет из-за пояса быстрей и легче, чем из кобуры, даже импортной, легко расстёгивающейся, поэтому под мышкой нежился двуствольный специальный пистолет «МСП», про запас. Армейский рюкзак, сухпаёк и обмундирование я подобрал на ближайшем военном складе. Охрана, лежащая рядом, не возражала.

Я не люблю вспоминать начало эпидемии. Заболевшую маму я сам отвёз в больницу, не дозвонившись до скорой. Долго не мог в общей истеричной суматохе устроить её в палате, поговорить с врачом. Наконец, скрепя сердце, оставил её, горящую в забытьи, на койке в коридоре, поручив заботам молоденькой перепуганной санитарки. Дома я застал бредящую жену, монотонно качающую колыбель с остывающим тельцем двухлетней дочки.

Почему я не умер тогда, когда, воя по-волчьи, хоронил их, не знаю.. Я ХОТЕЛ умереть.

Позавчера я встретил свихнувшегося проповедника – их стало как будто даже больше, чем раньше. Он радостно смотрел в небо и, раскинув руки, пел:

«Неисповедимы пути господни. В великой милости своей посылает он испытания заблудшим детям своим, карая неверных и лукавых...»

Я представил себе на миг, что я, как отец, посылаю испытание своей крошке Олечке в виде удушья и смерти и чуть не пристрелил гада. Что остановило мой палец на взведённом курке? Милость божья или мгновенная вспышка-воспоминание, как кружилась моя девочка в нарядном платьице, раскинув ручки, глядя в весеннее синее небо, хохоча и лопоча что-то, непонятное взрослым, на прогулке в сквере перед самой эпидемией.
«Блаженные, как дети не ведают, что творят», - вспомнил я бабушкины слова и ушёл, не оглядываясь.

Встреча.

На шоссе, ведущем на юг, почему я пошёл на юг, относилось к числу риторических вопросов, на которые я не считал нужным отвечать, стоял поток машин. Красные, жёлтые, зелёные, они отличались маркой, цветом, и выражением лиц умерших водителей – впрочем, отличия были незначительны. Я выбирал машину, на которой продолжу свой путь в никуда. Мысль поехать на юг на танке я отверг – всё же танк не вязался в моём представлении о море.. Только сейчас я понял, что иду.. к морю и удивился. Уже много дней у меня не было никаких желаний, я двигался по инерции, бездумно, машинально, как заведённый оловянный солдатик, и вдруг понял, что ХОЧУ увидеть этот вечный плеск, блеск, мощь и глубину бесконечного водного пространства, в которое был влюблён с детства. Увидеть, а потом решить, стоит ли жить дальше.

Одна машина, вишнёвая девятка, в отличие от других, не стояла, а нервно взрёвывая мотором, пыталась объехать огромную пробку впереди.

За рулём сидела девчонка в синей шёлковой блузке. Морща капризно вздёрнутый носик и сдувая с глаз падающую на них волнистую каштановую чёлку, она отчаянно крутила руль, надеясь избежать столкновения с развернувшейся поперёк дороги синей Volvo. Надежды не сбылись, и девятка ощутимо врезалась в синий бок безответной, молчаливой иномарки. Её водитель, уткнувшийся лицом в руль, вздрогнул от удара, но ничего не сказал. Заглушив мотор, храбрая водительница вышла из машины и склонилась над точкой удара, оттопырив прелестную попку в чёрных шортиках. Выпрямившись после детального осмотра повреждений, девочка оглянулась и увидела меня. Её зелёные глаза расширились от ужаса и потемнели.

- «Не бойся»,- быстро сказал я, - «я ничего тебе не сделаю. Если хочешь, я уйду..»

На одно бесконечно-долгое мгновение она окунулась в прозрачно-синий мир его глаз, и волна жара прошла по её телу от щёк до пяток. Испуг уступил место смущению. «Ну, я умею водить машину,» - нахально заявила она, - «но этот идиот поставил свою машину поперёк, её никак не объехать». Посмотрев на бедного идиота, так и не оторвавшегося от руля, я вздохнул и предложил: «Давай пройдём немного вперёд и найдём другую машину, их можно менять, когда захочешь».

Девочка беспомощно посмотрела на девятку, сказала: «Это папина машина», - и горько заплакала.

- «Ну, не реви», - сказал я, злясь на собственную беспомощность и пытаясь отвлечь её от тяжких воспоминаний: - «Как тебя зовут?».

- Ооля – прозвучало сквозь рыдания. Моё сердце пропустило удар и забилось редкими, болезненными толчками. Хорошо, что она не видит выражение моего лица, отстранённо подумал я и по-новому посмотрел на потерявшуюся в этой жизни девочку, оплакивающую родителей и представления не имеющую о волчьих законах жизни, в которой она оказалась совсем одна. Посмотрев на небо, подумал: - Ты прав, проповедник, неисповедимы пути господни..

- А тебя как зовут? – наконец обратила она внимание на меня.

- Меня зовут Андрей Русин, - как можно твёрже произнёс я.

- Иду на юг, к морю, можешь пойти со мной.

Пропало лето.

Жара, каникулы, пляж, жара. Знойный, пыльный город предлагал дискотеки, пляжи, коктейль-бары, мороженное и... взгляды встречных молодых парней и мужчин постарше, почему-то ставшие этим летом пристальными и смущающими, в отличие от прошлых лет, когда я пробегала по своим детским делам незамеченная, не входя во взрослый странный мир, словно существуя в другом, параллельном измерении. Не изменились только родители. Дача, свежий воздух, молоко, прополка, грядки – обычная летняя песня. Припев звучал так: «Собирайся, Оля, надо ехать». Подружка с родителями поехала на Кипр, а я поехала в Макеевку – полоть грядки. Облом, да?

Впрочем, тут тоже были подружки, река и дискотеки в клубе. Не сравнить с городскими, конечно, но на безрыбьи...

Лето лениво проплывало в знойном мареве вплоть до страшной эпидемии, возникшей ниоткуда, вдруг. Люди стали умирать один за другим, дома, на улице, на скамейке возле калитки.. Мама поехала в город незадолго до этой беды, проверить квартиру, пройтись по магазинам и не звонила уже третий день, когда умер папа. Он хрипловато кашлял накануне, глаза странно блестели на воспалённом лице, приказал мне ложиться спать, сказал, что прогреется и к утру будет здоров, что мы поедем к маме. Я обрадовалась – очень хотелось уехать из страшной, опустевшей деревни. Последний день я даже не выходила из дома, боялась увидеть ещё раз страшный труп соседа из дома напротив, который почему-то никто не убирал с улицы и не хоронил.

Утром я нашла папу сидящим в плетёном кресле на кухне, темноволосая, коротко стриженая голова мирно опушена на сильные руки, скрещённые на столе. Думая, что он спит, я погладила его по голове. Обычно он сразу просыпался и улыбался мне, тут же его голова безвольно и неестественно соскользнула с локтя и глянула на меня мёртвыми, закатившимися белками глаз. Не помню, что было потом, очнулась на улице, у дома подружки, побоялась зайти. Вообще этот день помню смутно, обрывками. Помню, что забралась в нашу машину, стоящую во дворе, папа подготовил её к отъезду, заправил, сложил вещи, даже ключи торчали в замке. Я умею водить машину, папа меня научил, только прав у меня ещё нет, хотя о правах я думала в тот момент меньше всего, завела, вывела машину на улицу и выезжая из деревни, поняла, конечно, я еду к маме, всё ей расскажу, и она скажет мне, что делать дальше.

Медведь.

Мир изменился в худшую сторону – перестали давать еду. Ни мяса, ни фруктов, ни сладостей, ни свежей воды – приходилось пить из протухшего бассейна для купания. Охранник, существующий по ту сторону решётки для того, чтобы приносить еду и чистить клетку, лежал неподвижно уже второй день и не реагировал ни на грозный рык, ни на яростное сотрясение клетки.

Медведь уселся рядом с решёткой, протянул лапы сквозь прутья и в очередной раз попытался дотянуться до лежащего человека. Убедившись, что и в этот раз не может зацепить когтями ногу лежащего охранника, разочаровано заревел и оглянулся. Лоток для еды с изогнутой в виде буквы г ручкой привлёк внимание зверя, хотя еды там не было давно. Тяжело протрусив в дальний угол клетки, где валялся погнутый в припадке бессильной злобы лоток, медведь схватил его зубами и понёс к решётке, за которой лежал охранник. Уселся, повертел в лапах большой, изогнутый кусок металла и просунул его сквозь прутья. Зацепить охранника за карман брюк и подтянуть его к себе удалось далеко не сразу, но тот, кто видел, как медведи ловят рыбу, то неподвижно застывая в ожидании, то мгновенно и точно хватая добычу, знают, как терпелив, находчив и умён этот прирождённый охотник. Урча, медведь разодрал ногу мёртвого человека и поел. На выпавшие ключи, жалобно звякнувшие об пол, он не обратил внимания.

Карачай.

Выбирая самый короткий путь, мы свернули с забитой машинами магистрали на грунтовку, уходящую в лес. Остановились на обед у чудного озера, сияющего бирюзой в обрамлении малахита деревьев и травы.

Раздевшись до плавок, Андрей осторожно оглянулся. Оля осталась в синем бикини, символически обозначающем одежду. Сурово нахмурившись, Андрей скомандовал: - В воду бегом, - и сам выполнил свою команду, ворвавшись в сияющую водную прохладу в ореоле брызг.

Дно круто уходило вниз, заставляя с бега перейти на брасс.Демонстрируя неплохой стиль и скорость, Андрей доплыл до центра озера, лёг на спину и посмотрел на берег. Оля стояла на берегу, осторожно трогая ногой воду. Наяда, лесная нимфа, пугливая и хрупкая среди деревьев и цветов. Андрей чувствовал, что этот образ, это впечатление, пронизанное светом и запахом хвойного, прогретого солнцем леса, навсегда останется в памяти. Оля вошла в воду бережно, без брызг, легко легла на воду и бесшумно поплыла к нему, скользя и растворяясь в блистающей, текучей прохладе.

Блаженно улыбаясь, Андрей лежал, раскинув руки, на воде и ждал девочку. Рассеянным взглядом скользнул по берегу и увидел серую тень, мелькнувшую на краю лесной опушки. Насторожившись, рывком повернулся на живот и вгляделся внимательней. Ничего нет – почудилось?

Улыбающаяся Оля, доплыв до него, как до земли обетованной, встретила знакомый суровый взгляд.

– Надо плыть обратно, тихо – шёпотом скомандовал он.

Внешне оставленная на берегу машина, вещи и так желанное теперь оружие, выглядели мирными, нетронутыми в ярком свете дня, но что-то изменилось в атмосфере: свет стал безжалостным и тревожным, сосны молча сгорбились и застыли, закутавшись в колючие тёмно-зелёные полушубки и глядя на людей исподтишка круглыми, любопытными птичьими глазами.

Андрей жестом приказал Оле оставаться в воде и, осторожно ступая, вышел на берег. Из-за машины, скользя с бесшумной, ленивой грацией, вышла белая волчица, рядом с ней материализовались из воздуха ещё несколько серых теней, перекрывая доступ к оружию. Волчица укусила ближайшего волка за ляжку, гоня его вперёд. Мощный, широкогрудый волк коротко взглянул на волчицу и пошёл на безоружных людей, его серые братья окружили Андрея, отрезая от воды.

Освободитель.

- Как я ненавижу охранников, Миша, - блаженно улыбаясь, доверительно говорил сумасшедший.

- Они присвоили себе все ключи от наших клеток, понимаешь? Но я их нашёл, ключи, и я вас выпущу, всех выпущу. Свободу подопытным кроликам! Да? Ты согласен, Миша? Да, ты киваешь головой и улыбаешься, рад, что съел охранника. Молодец, а я вот не смог съесть своего охранника, я просто сбежал, но это тоже хорошо..- переходя на невнятное бормотание, говорил странный человек, перебирая и пробуя ключи из подобранной с пола связки. Наконец, один ключ с лёгким щелчком повернулся в замке и дверь, столько дней сдерживающая яростный звериный напор, открылась. Человечек спрятался за дверь клетки, прижавшись спиной к решётке, и с хитрой улыбкой посмотрел на медведя.

- Иди, Миша, там лес, ягоды, малина, орехи, иди. - Помахал он рукой сквозь прутья. Недоумевая, зверь вышел из клетки, постоял, глядя на освободителя, мотнул тяжёлой, лобастой головой и косолапо переваливаясь, бесшумно потрусил к дальней открытой двери, из которой тянулись полузабытые, сладкие, лесные запахи.

Утро в дурдоме.

Агафуровские дачи, реквизированные в революционные годы владения господ Агафуровых, располагались в красивом сосновом лесу. Серые, сгорбленные фигуры голодных сумасшедших мелькали меж деревьев. Буйные и особо опасные маньяки умирали в закрытых боксах. Шизики и «пограничники» бродили по коридорам и тропкам парка.

Коля Вязмин, маленький, кругленький человечек с большим чувством собственного достоимства, лишь недавно помещённый в психушку для освидетельствования на вменяемость после зверского убийства жены и сына, был привлечён криками: - Я птичка! – доносящимися из главного корпуса и падением человеческого тела из окна третьего этажа. Падающий размахивал руками, щебеча и каркая, но летел не вверх, а вниз. Упав, он затих. Заинтересованный полётами человеко - птицы, Коля подошёл к двери главного корпуса и увидел живописную группу, собравшуюся вокруг Жоры – недоучившегося студента мединститута. Его привезли сюда прямо из аудитории, где он спрятался за доску, на котрой писал преподаватель, и, изредка выглядывая оттуда, говорил: «Ку – ку». Сейчас Жора, высокий, по-журавлиному худой и тонкошеий, вышагивал перед зияющим чёрным провалом входом в корпус, помахивал приглашающее наполненным шприцем и выкрикивал: «Наркотики бесплатно, всем»

- Кайф хочешь? – глядя блестящими, немигающими глазами с растёкшимися во всю радужку зрачками, напряжённо спросил он.

- Хочу, - не задумываясь, ответил Коля. - И жрать хочу, и кайф, я всё хочу.

- Давай руку, - деловито сказал Жорик, - я профессионал, уколю не больно, но сильно..

- Если уколешь больно, - хохотнул Коля, - Я те дам больно, тебя мелом обведут..

Жора нахмурился, обиженно поджал губы и, не удостаивая Колю ответом, взял его левую руку и, прицелившись, плавно ввёл иглу в вену. Действительно, было почти не больно, о чём Коля сразу сказал. Довольный собой, Жорик посмотрел на след от иглы, как Пигмалион на своё творение, прижал ранку давно не мытым пальцем и сказал: «Спирта нет, всё выжрали, сволочи, держи сам, согни руку». Коля послушно прижал ранку большим пальцем правой руки и согнул левую в локте, невольно изобразив вызывающе неприличный жест.

- Понимаешь, я нашёл весь их запас наркотиков и теперь я буду богом для тех, кто хочет уколоться и забыться. Я всегда знал, что я буду богом.

- А этот, который упал? – спросил Коля.

- На всех по-разному действует, - объяснил Жора.

- Этот подумал, что он птичка, зачирикал и ломанулся по лестнице вверх. Я не успел удержать. Да и зачем?

- Действительно, зачем.. – согласился Коля. Время для него растянулось, звуки приобрели нестерпимую громкость и резкость. Люди вокруг двигались, как при замедленной съёмке и бормотали невнятное скрежещущими, жестяными голосами. Коле стали ясны ответы на все вопросы бытия: как быть, что делать и где взять, кого бить, кто виноват... Причём, «кого и кто» не совпадали, были разными людьми. Радостно смеясь, Коля быстро, горячо и громко пытался объяснить это окружающим, но те не понимали, отворачивались, не радовались вместе с ним, ну с сумасшедших что возьмёшь.. Поняв это, Коля махнул рукой на глупых соседей по дурдому , и, блаженно улыбаясь солнышку и настоящим птичкам, пошёл за ограду, в мир, откуда его недавно привезли.

Танцы с волками.

Глядя на окружившие его молчаливые серые тени, Андрей чувствовал свою беспомощность и неспособность защитить ни Ольгу, ни себя. Желтовато-зелёные, немигающие глаза зверей смотрели равнодушно, движения хищников были неторопливы и уверенны – они ждали знака белой волчицы, чтобы кинуться на беззащитного человека и разорвать его.

Затравленно оглядевшись вокруг, Андрей посмотрел на мощные лапы ближнего зверя – перед прыжком они напрягутся, зверь чуть присядет – в этот момент надо прыгнуть вперёд и чуть влево и, если повезёт, добраться, дотянуться, доползти до машины и оружия, до спасения, находившегося всего в пяти, шести метрах за живой, мохнатой, зубастой стеной серых, горячих звериных тел.

Лапы матёрого широкогрудого волка отбрасывали на землю чёткую тень. Вдруг тень от каждой лапы зверя раздвоилась, как будто он стал осьминогом, лес озарился белым, мерцающим сиянием, словно на севере взошло новое солнце. Мгновенно оглянувшись, Андрей увидел сквозь деревья слепящую вспышку в центре огромного ядерного гриба, растущего над лесом.
- Ложись в воду, ныряй, - крикнул он Ольге и бросился ничком под защиту массивного корпуса машины.
- Сейчас будет звуковая и ударная волна, - успел он подумать, ощущая всем телом тяжкое содрогание земли и слыша стон выдираемых с корнем, гибнущих деревьев.

Могучий, живой лес принял основной удар взрыва на себя и, погибая, спас людей, спрятавшихся в его сердце.

Крылатые муравьи или всеядная живая лава

После взрыва, который Андрей видел всего мгновенье, он ослеп, кожа вздулась волдырями и начала слезать с тела, обнажая разлагающуюся плоть. Андрей не мог идти сам, он почти ничего не видел, все тело нестерпимо болело, но он, стиснув зубы, заставлял Ольгу идти на юг, и брел за ней, держась за веревку, которой как альпинистской связкой, обмотал за талию себя и ее. В глазах плыли радужные пятна, их призрачный танец сопровождался странными звуками и отдавался в затылке резкой болью. Вообще слух болезненно обострился и тихий плеск близкого ручейка грохотал в мозгу Ниагарским водопадом. Вдруг веревка беспорядочно задергалась, даже сквозь рубашку безжалостно сдирая кожу с обожженного тела.
– Ой, Андрей, – вскрикнула Оля, – муравьев то сколько! Ой, они везде, по ногам ползут!
– Беги к ручью, он слева, – прохрипел Андрей, ощущая, как по ногам ползет жгучий огонь от ядовитых укусов.

Теряя сознание от боли и равновесие от рывков веревки, он наконец ощутил, как под ногами захлюпала вода. Небольшой бочажок в истоке родника позволял только сидеть, прижавшись друг к другу, по горло в воде. Студеная вода омывала тело, снимая боль от укусов. Ольга комментировала происходящее вокруг.

– Они ползут сплошным потоком, съедая по пути гусениц, жучков и все живое, что встретят.. Вон мышку облепили, она катается по земле, мечется.. ужас! Не могу смотреть...

– Некоторые муравьи падают в воду, выползают на берег и следующая за ними масса насекомых уже огибает водоем, как будто им сообщили маршрут...

– Да, это возможно, – прошептал Андрей, – Кто знает точно, как общаются насекомые. Там не видно конца муравейника?

– Нет, не видно. Куда это они все?

– Не знаю, – сказал Андрей и беспомощно заморгал. Что-то впилось в веко. Комар?

– Ой, они летают!!! Летают, прямо к нам целая туча летит!

– Ныряй, – крикнул Андрей, – и сиди под водой, сколько сможешь вытерпеть...

– А вытерпеть можно все, или почти все, пока не умрешь, – с холодным отстраненным равнодушием подумал он. Большой соблазн не всплывать, не двигаться, никуда не идти охватил его, сковывая тело странным оцепенением. Секунды медленно текли в прохладном голубом сумраке, складываясь в минуты. Нежеланье жить, вот основная причина гибели тех, кто не дошел, пришла ясная, безжалостная в своей простоте мысль.

Оля вынырнула, загнанно, со всхлипом, вдыхая воздух. Огляделась, живая рыжая лава насекомых текла вокруг родника, шевеля прибрежную траву. Зловещая туча летающих муравьев исчезла. Андрея нигде не было видно, темная вода маслянисто блестела в багряных отблесках предзакатного неба. Вскрикнув, девочка нырнула и, закрыв от страха глаза, начала слепо шарить руками в воде, наткнулась на холодное, неподвижное тело, обняла его и потащила вверх, к свету, к воздуху.

В лесной избушке

Они вышли из леса на большую, ярко освещенную солнцем поляну. Посредине стояла сказочная избушка. Желание сказать ей: – Повернись к лесу

задом, а ко мне передом, – отбивала только открытая настежь дверь, слепо смотрящая прямо них черным провалом. Тишина звенела в ушах, мирный вид солнечной поляны завораживал. Хотелось поселиться здесь навсегда и забыть обо всех предыдущих кошмарах.

Вася спал второй день подряд после похорон... Позавчера он похоронил напарника и бывшего сослуживца, с которым уехал, устав от городского кошмара последнего времени, на охоту. Федор заболел накануне, метался в горячечном бреду всю ночь и под утро умер.
Они не были слишком близкими друзьями, но после смерти приятеля лес опустел, и с таким нетерпением ожидаемая и предвкушаемая охота потеряла смысл. Вставать не хотелось, перед сомкнутыми глазами роились яркие образы ушедшей невозвратно жизни. Открывая глаза, он снова видел эти образы смеющейся жены, детей, лица друзей и просто знакомых или однажды виденных где-то людей, как в нескончаемом кино. Поэтому новые действующие лица этого фильма – страшно обожженный, слепой, заросший мужчина и девочка подросток, его не удивили.
Грузный пожилой мужчина на кровати в углу молча смотрел на них пустыми, ничего не выражающими глазами и не двигался.

– Ещё один сумасшедший, – подумала Оля.

– Привет, – сказал Вася. Новые действующие лица выглядели так реально, может быть с ними можно поговорить.

– Привет! – обрадовалась Оля.
– Вы тут один живете?
– Уже один, – не сразу ответил Вася.
– Будет трое, нам надо здесь остановиться и отдохнуть, хрипло вымолвил Андрей. Ты не против?
– Да нет, оставайтесь, откуда вы?
– С севера, – мужчина неопределенно махнул рукой.

Девочка подвела его с скамейке в углу и усадила. Видно было, какую боль причиняет ему каждое движение.
– Отдыхай, – ласково сказала Оля и обратилась к Василию, – у вас есть крем от ожогов?
– Есть «Спасатель», там , – Вася махнул рукой на угол, где были свалены вещи их маленькой экспедиции, их сафари, как говаривал Федор. Медведь смотрел на избушку, оттуда тянуло сладкими запахами еды. Пахло и человеком, но он не боялся этого запаха, более того, последнее время для него человек пах едой и это не отталкивало, а притягивало. Раздражающе пахло только железо, порох и оружие, но этого запаха здесь почти не было. Медведь неслышно подошел к открытой двери, поводил лобастой головой из стороны в сторону, принюхиваясь, и шагнул за порог.

Противоядие

Когда воротимся мы в Портленд,
Мы будем кротки, как овечки...

Вот только в Портленд воротиться
Нам не придётся никогда

Проснувшись от ужасных криков и возни, Оля ничего не понимающим глазами уставилась в темноту. Огромная, остро пахнущая зверем тень ворочалась посреди избы. Раздавались все более слабеющие человеческие стоны, хрип и омерзительный хруст костей. Лежащий рядом Андрей слепо ринулся на шум сражения, а Ольга, потеряв способность думать от первобытного ужаса, забилась под груду одеял в углу и оцепенела, не смея дышать. Возня и крики затихли, но она не шевелилась ещё очень долго, не смея даже дышать. Наконец,, робкий лучик рассвета пробился сквозь одеяло, и она выглянула одним глазком. Ужасная картина предстала ей. Посреди избы изломанной грудой тряпья лежал Василий, Андрея нигде не было видно. Выходить искать его было страшно, но ещё страшней оставаться здесь, наедине с мертвецом.

Всхлипывая, Оля выбирала большое одеяло, чтобы накрыть труп Василия, и наткнулась на ноутбук. Привычная игрушка привлекла внимание, дома Оля почти все вечера проводила в сети. Машинально она открыла ноутбук, включила, текст заставки гласил: «Аварийный выход из Windows. Выдерни шнур, выдави защитной экран». Невольно улыбнувшись, Оля нажала на значок Explorer, интернет работал! Однако Яндекс выглядел необычно – весь экран занимало объявление: – Всем, всем, всем живым идите в Тверь, Тверь, Тверь!!! Связь с Центром, где ищут противоядие, поддерживайте через интернет – клубы и мэрии.

Конечно, – подумала Оля, противоядие не нашли, но кто-то выжил и ищет других. Надо идти к людям, надвигается зима, одной в лесу не выжить.

Она пошла в ближайший город по тропинке, указанной вчера Василием. Пригород выглядел пустынным, но по карте в ноутбуке удалось быстро найти игровой клуб. У входа дежурили двое короткостриженных парней с повязками ДП на рукавах. Позже Ольга узнала, что это сокращение означает Дневной Патруль.

Сережа и Виктор проводили «Тарзанку, вышедшую из леса». Так они ее назвали, до ближайшего супермаркета, где Оля смогла умыться и подобрать себе одежду.

Лекарства от вируса так и не нашли, как невозможно найти что-либо ценное в суматохе и панике. Выжили только те, кто смог выжить и приспособиться к новым условиям. Люди воссоздавали социальное общество и на руинах начали заново строить жизнь. Большие катаклизмы – революции, эпидемии, землетрясения могут смести с лица земли острова, государства, но уцелевшие в катастрофе с упорством муравьев начинают строить не только дома, но систему управления, часто под другим названием, но выполняющую те же функции государства, без которого невозможна цивилизация. Израненное общество, содрогаясь, пыталось регенерировать.

Год спустя. Заседание Совета города

(отрывок из выступления депутата)

– Мы, новое, здоровое общество, с уверенностью и оптимизмом смотрящее в будущее. Мы должны защищать себя от происков врагов, в том числе и от ядерного и бактериологического оружия.

Мы должны восстановить работу секретных научных центров, разрабатывающих как ядерный щит и противоядие для известных вирусов, так и новое перспективное оружие. Ведь фактор сдерживания, устрашения – сам по себе является мощной защитой общества от возможного вторжения.

Раздались аплодисменты. Электрик Вася, чинивший шестой микрофон в углу конференцзала и мучавшийся похмельем, понял, что, возможно, снова откроют институт, где работал лаборантом его закадычный корешок Олег Сидорчук. Помер, конечно, Олежек, как и все хлюпики, земля ему пухом, но зарплата в том институте, он говорил, приличная, премии регулярные и работа не пыльная, надо будет зайти узнать.

Black.

> Крадётся по полю мышонок –
> Голодный, маленький ребёнок.
> Тут хищник прыг из камышей,
> И нету больше уж мышей…

Маленькая пельменная в тихом центре Катер – града пользовалась успехом у студентов и служащих окрестных фирм. Два небольших уютных зала на первом этаже старинного купеческого особняка на берегу мелкой речки, рассекающей город пополам. Наша компьютерная фирма располагалась через дорогу, в пяти минутах ходьбы и мы с сотрудницей Зиной обедали там ежедневно. Жаркий июньский день, устилающий землю лёгким тополиным пухом, как первым снежком, не составил исключения.

К Зине часто забегала на работу её дочь Оля – симпатичное одиннадцатилетнее создание, стройное, как трость, так она сама о себе говорила. С мужем Зина давно была в разводе и воспитывала дочку одна. Напористая, громогласная, решительная, - говорили про неё друзья. Наглая хамка, интриганка, - говорили враги, но и те, и другие признавали её способность добиваться поставленной цели. Теперь её целью повышение зарплаты, и в ход шло всё – от попыток обольстить начальника новым платьем и макияжем до интриг против сотрудников. Её откровенно не любили окружающие, но со мной она держалась предупредительно – лояльно, так как я помогала ей писать программы, к чему она была органически не способна, а мне это давалось легко, как многое другое. Мне нравилась её умненькая, забавная дочка и хотелось чем-то помочь их маленькой, не слишком счастливой семье.

Мы с Зиной вышли под щедрое июньское солнце, плавящее асфальт и мысли, перешли дорогу и оказались на набережной, в тени старых тополей, вечно слушающих неумолкающий лепет реки.

- Вот сюда бы и поставили столики, - вздохнула Зина, - а то опять в духоте сидеть. Улыбнувшись, я хотела её поддержать, но меня отвлёк приближающийся барабанный бой.

Кришнаиты в цветных бурнусах, приплясывая и вращаясь, топали босыми ногами по разбитому асфальту, отбивая чёрными пятками ритм. Бритые головы покачивались в такт там - таму.

Этот экзотический имидж секты кришнаитов скрывал хорошо налаженную коммерческую деятельность по изготовлению и продаже кондитерских изделий: пряников «Святой дух» и тортов «Седьмое небо». Фанатичные последователи секты безвозмездно трудились в маленьких пекарнях и кондитерских, разбросанных по всему городу, и снабжали сладостными изделиями бары, кафе и закусочные по демпинговым ценам, устраняющим любую возможную конкуренцию.

Спасаясь от самозабвенных плясунов, Зина ринулась к пельменной, я вошла следом, закрыв за собой тяжёлую, массивную дверь из натурального дерева, украшенную сияющими, фигурно вырезанными медными ручками, и отрезав этим уличный шум. Благостная тишина, напоённая вкусными запахами, нарушалась лишь позвякиванием посуды и редкими репликами обедающих. Заказав как обычно, пельмени, десерт и кофе, мы сели за маленький столик у окна. На десерт сегодня подали пирожные «Седьмое небо» - творение кришнаитов, изящные, чёрно-белые корзинки, судя по виду и запаху, созданные из шоколада и взбитых сливок.

Зина уже с аппетитом доедала десерт, а я всё ещё задумчиво смотрела на свою порцию, почему – то вызывающую в памяти босые грязные ноги уличных плясунов, взбивающих тополиный пух. Странная вещь – ассоциации, всплывающие в подсознании.

- Пора худеть, - решительно сказала я, отодвигая тарелочку.

- Ты что, - изумилась Зина, - мы же уже заплатили.

- И зачем тебе худеть? И так хороша, - ворчала она, с сожалением глядя на пирожное. - Не оставлять же... Забери с собой.

- Нет, не хочу, - смущаясь от невозможности объяснить свой поступок, не испортив аппетит спутнице, упрямо сказала я.

- Тогда я сама съем, - заявила Зина, - не пропадать же добру, ты не против?

- Нет, - растерялась я, - пожалуйста, ешь. Вернувшись на работу, в прохладу кондиционера, мы обе забыли о десерте, так как по пятницам нам вручали конверты с зарплатой и остаток дня проходил в приятных подсчётах, расчётах и построении планов на уикенд.

Чёрный кот –
Обрывок мрака,
Дыбом хвост –

Назрела драка.

Дождливый понедельник, утро. Зина, как всегда, опаздывает, шеф ворчит, сидя в нашей комнате и демонстративно глядя на часы.

- Распустились, дисциплина ни к чёрту.. Вычту из зарплаты за каждую минуту опоздания! – грозно заключает он, обводит тяжёлым взглядом притихший коллектив и удаляется в кабинет, откуда ещё слышится некоторое время его ворчание, пока Марина – его секретарша – не прикрывает плотнее дверь.

Замурлыкал телефон. Марина, манерно отставив мизинчик, взяла трубку и привычно мурлыкнула, - Компьютер – центр. Послушала и улыбнулась злорадно, - Зина Васильевна, а шеф уже о Вас спрашивал, - поспешила она «обрадовать» собеседницу.

- Да, и когда Вы выйдете на работу?

Скорчив гримаску, выслушала ответ и, пожав плечиками, положила трубку.

- Заболела, - известила она всех, - когда выйдет неизвестно.

Вздохнув, я взяла папку с распечатками программ с Зининого стола и перенесла её на свой.

Неделя прошла незаметно. Трудясь, аки пчёлка, на ниве программирования, я изредка звонила Зине домой. Трубку никто не брал. Один раз ответила Оля и испуганным голоском сообщила, - Мама не может подойти, болеет.

- А что с ней?

В ответ – короткие гудки. Задумав в субботу поехать к Зине домой, я в гордом одиночестве завершала работу в пятницу, наводя порядок на столе, заваленном распечатками, когда в офис ворвалась Оля, растрёпанная, с заплаканными, испуганными глазами. Я обняла дрожащую девочку, чтобы успокоить её, погладила по голове.

Оля редко, с судорожными всхлипами вздыхала, как будто   только что долго плакала. На её левой ручке багровели свежие царапины.

- Что случилось, детка? – спросила я.

- Мама.. – прошептала девочка., - я не вернусь туда, я боюсь. Из её дальнейшего   сбивчивого рассказа, прерываемого слезами, трудно было составить ясную картину происходящего, однако, если даже часть рассказанного ей правда...

Я   вскипятила   чай,   купила   в   буфете бутерброды и пирожное, разложила угощение на столе и строго приказала Оле кушать и ждать меня здесь, никуда не уходить. Девочка кивнула и поудобней   устроилась   на   стуле,   выбирая,   что съесть сначала.

Охранник Вася, как всегда, смотрел видак, развалившись на диване в каморке за стеклянной будкой вахты с турникетом.

- О, какие люди, - улыбнулся он, - ключи сдаёте?

- Нет, Василий. Надо съездить к Зине домой, там что-то странное происходит, видел, как её дочка пробегала?

- Мельком, а что случилось?

- Не знаю точно, но хочу, чтобы ты поехал со мной.

- Да что там случилось? Может, милицию вызвать?

- Боюсь, что если я расскажу в милиции то, что рассказала мне Ольга, за мной приедут санитары. Давай, сами посмотрим, что там к чему, и на месте решим, что делать дальше. У тебя ведь смена уже закончилась?

- Да, сменщик уже пришёл, обходит здание.
Вася задумчиво посмотрел на меня.

- Знаешь, я давно хотел.. пригласить тебя куда-нибудь. В кафе, клуб..

Ну почему бы не съездить к Зине? – улыбнулся он. - Поехали, мой жигулёнок во дворе, только сменщика дождёмся. А вот и он.

Маленький и крепенький, как гриб – боровичок второй охранник вышел из лифта, замедленно кивнул нам, как будто шарниры его шеи заржавели, и важно уселся в будке вахтёра.

Устраиваясь за рулём машины, Вася привычно поправил кобуру.

- Газовый? – спросила я.

- Обижаешь, боевой, по службе положено, - рассеянно ответил он, выруливая с тесно забитой машинами стоянки.

- Рассказывай, что сказала девочка, - поторопил он меня, - Приедем через 15 минут.

Слушая мой рассказ, этот здоровенный, коротко стриженный парень, не привыкший отягощать себя лишними мыслями, только скептически хмыкал и недоверчиво крутил головой.

- Знаешь, дети иногда такое выдумывают. Сын приятеля рассказал в детском саду, что папа маму каждый день бьёт кирпичом по голове. Так воспитательницы смотрели на него дикими глазами, пока живёхонькая, здоровёхонькая мамаша сама не стала забирать мальчишку.

-Да, ты прав, но, всё – таки , как она могла выдумать, что мама сидит в темноте целыми днями, при закрытых шторах и окнах, несмотря на жару и кутается в одеяло. А сегодня Оля увидела, что мама стоит у клетки с попугаем и достаёт птичку. При этом одеяло соскользнуло с её руки, и рука эта была не человеческой, чёрной, мохнатой и с когтями...

Оля испугалась, закричала, кинулась к двери. Зина схватила её за руку, чтобы удержать. Девочка вырвалась и убежала. Я сама видела на её руке царапины, как от лапы зверя...

К двери зининой квартиры на четвёртом этаже блочной пятиэтажки мы подошли в напряжённом молчании, переглянулись, и я нажала на звонок. Тишину за дверью нарушили мягкие, крадущиеся шаги. Ощущая предательский холодок, пробежавший по спине, я сказала, как можно спокойней: - Зина, открой, это я. Тёмный кружок дверного глазка казался дулом пистолета, излучающим опасность. После минуты молчания, для меня длящейся вечность, шаги прошуршали, удаляясь.

Вася посмотрел на меня бешеными глазами, видимо, ожидание подействовало и на него, отодвинул меня в сторонку и саданул по двери ногой. Зина так и не не успела поставить железную дверь после переезда и хлипкое, деревянное сооружение не выдержало. Из тёмного провала входа пахнуло затхлым смрадом. Вася протопал вперёд, я двинулась за ним. Его широкие плечи заслонили вход в комнату. Вдруг он вскрикнул и схватился за пистолет, развернувшись при этом боком ко мне, и я увидела чёрную фигуру, распластавшуюся в прыжке и несущуюся к нам. Огромные жёлтые глаза горели в темноте на оскаленной морде чудовища, в которой не было ничего человеческого.

- Беги, закричал Василий, отталкивая меня к двери. Не помню, как я сбежала по лестнице. Сзади глухо хлопнули два выстрела.

Я сижу на скамейке в знойном мареве июня у подъезда обычной пятиэтажки, чинно сложив руки на коленях, и жду…

Жду, что сейчас выйдет Вася и скажет, что мне всё почудилось, и мир вернётся в обычную колею. Вернуться в ту страшную квартиру я не могу, не могу даже смотреть в чёрный зев подъезда, и уйти не могу. Что я скажу Оле? Мне кажется, я не смогу ничего никому рассказать. Я просто сижу и жду.

Сказка о Путнике

Уж 21 век пришёл – очко!
А где же проигравший?

Пролог

Бедный, одинокий Путник бежал по Катер-граду. Был сильный мороз. «Работать надо, чтобы есть», - сказал себе Путник и нырнул под мрачные своды арки входа бывшей богадельни. Рядом с вахтёром стоял столб с надписями: «Налево пойдёшь – много работы, мало денег», «Направо пойдёшь – много денег, много командировок». Как человек трудолюбивый, некорыстный и большой домосед, Путник выбрал первое.

Глава 1. Об отдельном 18-м царстве, 18*-м секторном государстве.

В 18-м царстве, 181-м государстве живёт непустое множество людей и почти каждый с макрозапросами, а один даже с собственным генератором, тоже очень большим – он зовёт его Макрогенератором. О таинствах мультимедиа, чёрной и белой магии говорят эти чародеи от зари до зари, под звуки музыки и без неё, попивая чай, кофе и другие напитки.

А в малонаселённом 183-м государстве пусто, как в прерии после пожара. Глава государства кликнул: «Во имя кадровой задачи я и до Путина дойду!» - и вышел в неизвестном направлении. Премьер-министр, человек восточного типа красоты, заболел аристократической болезнью. По непроверенным слухам из недостоверных источников у него пятнистая лихорадка Скалистых гор. Изредка сюда заходят Приходимцы – так любовно зовут гостей государства окрестные жители – подданные королевы Нинон. Белокурая Нинон владеет громадным государством, наводящим страх на отделы кадров фирм Катер-града. Доблестные воины государства, не слезая с троллейбусов, совершают лихие набеги на ОК, ПО и ОТиЗ-ы. Домогаются доступа к секретным документам, обещая златые горы, хватают поживу и делают ручкой, может быть, навсегда. В отчётном году князь З. покинул царство. Одна загадка мучит Путника. Он вспоминает: «Пресветлый князь полчаса поговорил со мной о программе Р0126 и подал заявление об уходе. Что бы это могло означать?» Но вспоминать некогда. Работа требует действий, и Путник идёт к белокурой Нинон говорить о Дополнительной потребности – вещи загадочной, поскольку, с одной стороны нужно удовлетворять растущие потребности населения, дабы оно не бунтовало, с другой стороны, разведанных денежных источников крайне мало

Глава 2. Путник среди машин и людей.

...Прошло время и он научился выражаться на сочном, колоритном жаргоне программистов и электронщиков. Например: «Почём мать, отец?», или «Продам 16 метров памяти». Ко всему привыкает человек. Полюбил слушать начало 1-й лекции по бухгалтерии: « Жили-были два брата» - солидно вещает педагог. «Одного звали Сергей – и у них родилась 1С: бухгалтерия». Дальше можно не слушать – появился Приходимец. «Ну, вы чисто компьютерам обучаете?». «Конкретно» - отвечаю я. Кажется, он понял.

Глава 3. О запарке, плане и ...

В душу каждого проник возглас уставшего до синевы среднесписочного программиста: «Сейчас мы в запарке, а к Новому году будем в Зоопарке...» Давеча работал бедный люд 181-го государства под присмотром Шефа до двух часов ночи. Стыковка в наш век растущей некоммуникабельности вещь сложная... Однако состыковались. Молодцы!

В памяти старожилов всё же не меркнет рекорд прежних лет. Спокойной гордостью проникнут их рассказ: «Когда мы сдавали Транслятор с Интерпретатором нового языка программирования (далее следуют специальные термины), искры сыпались из глаз и из других мест, но никто не уходил... Да, были люди в наше время».

Мозг 18-го царства под ником Шеф поселён за двумя стенами, за двумя дверями под охраной синеокого цербера, принявшего вид хрупкой девушки. Его пророки и оракулы, главы секторных государств, исполняют волю всевышнего, поставляют ему пищу, то бишь информацию.

Часто, часто Белокурая Нинон кровожадно требует сущность организационную. Оглядит орлиным взглядом притихших подданных , наметит очередную жертву и ласково скажет: «Дай мне твою орг. сущность».

Чу, стук в дверь. Заходит симпатичный Приходимец. Как всегда, он с порога радостно объявляет: «Машина – дура», - и открывает дипломат с доказательствами. Увы и ах, доказательства не выдерживают критики. Честь машины восстановлена. Приходимец уходит за новыми доказательствами.

Сейчас спокойно в царстве. Солидные старожилы обсуждают рекламу и объявления типа: «Не переходите дорогу на тот свет». Но это только в перерыв. Обычно в царстве пахнет деньгами и информацией, слышен задорный стук клавиш, вздох кондиционера и тишина...

Имена телефонов.

Жила-была крошка Эль, и обитали вокруг неё телефоны. Разных цветов и размеров. С кнопками и дисками, звенящие и вибрирующие, их было так много. Зачсм они были нужны? Иногда Крошка Эль нажимала на кнопочки разноцветных телефонов, и они начинали светиться и гудеть. Иногда она разговаривала с ними о погоде, о лакомствах и книгах. Телефончики задумчиво молчали и сонно

помаргивали экранами. Эль дружила с телефонами,
но так и не могла понять, зачем они нужны.

Однажды добрая Фея сказала Эль, что каждый
телефон имеет свой номер, и как человека можно
позвать по имени, так телефон можно позвать по
номеру.
- Ой, - обрадовалась Эль, – скажите мне имя
Вашего телефона и я его позову.
- Пожалуйста, - сказала Фея и написала волшебной
палочкой ряд цифирок. – Звони и мы поговорим о
других тайнах мира, - улыбнулась она и исчезла в
аромате фиалок и сиянии звёзд.

Эх, если бы Эль умела читать, она обязательно
позвонила бы Фее.

СтихИя.

Летние впечатления.

Погода ноль и мыслей ноль, и силы на ноле -
И всё прекрасно в мире ноль. О о о...

Серое, тяжкое небо.Сыплет то дождь, то снег.
Как ты достала, природа, я ж не медведь - человек!
В спячку я не впадаю и до весны не сплю -
Как же хочу тепла я –к югу я улечу!

Море прекрасно и сине,
Турки вокруг и жара,
Наш отель нежно-белый на синем,
Англо-немецкая болтовня.

Доллары, лиры и марки -
То, что движет прогресс,
Тают под солнцем жарким,
Как и турок к вам интерес.

Ласковый, смуглый народец
Между пяти морей -
Имперские осколки
Сияют в глазах людей.

Золото, кожа и фрукты,
Брюлики, трикотаж
Меркнут в сиянии моря:
Лучшее - это пляж!!!

Много немецких туристов -
Наши громче кричат -
Их утопить в Средиземном
Принципы мне не велят.

Небо, рёв самолёта,
Чёрный аэропорт -
Здравствуй, родная природа,
Ветер холодных гор.

Молитва тополя

Пыльная, старая пальма
Тени почти не даёт.
В мареве вечного лета
Скудно и тяжко живёт.

Тополь играет листами,
Ветер прохладен и пьян.
Дождь, снег в июне и камни
Терпит жару и бурьян.

Тело терзают верёвки,
Шмотки, качели на нём.
Томно вздыхая, влюблённый
Тихо крадётся с ножом.

Счас на израненной плоти
Вырежет сердце, стрелу
- Нет! - немо молится тополь,
- Я больше так не могу!

Где бывший рай для деревьев?
Дождь некислотный, трава?
Жили же люди в Эдеме!
Яблоня, ты не права!..

Город облаков.

Этажи и здания,
Купола и храмы
Белые и пенные
Арки и мосты
Хрупкие, прозрачные,

Тающие в небе,
В синем основании
Города - мечты.
Кто живёт там, ангелы?
Люди или боги,
Или наши мысли
Населяют град?
Призрачные мысли
О любви и боге,
О зарплате, детях,
Обо всём подряд.
Кажется, подумал -
Что в этом такого?
Пожелал кому-то
Боли или зла..
Отраженье мыслей -
Грады в поднебесье,
Наше отраженье -
Рушатся тогда.
Разрушая душу
Собственным паденьем
Покрывая пеплом
Мысли и дела.
Берегите души,
Правнуки Адама,
После смерти будем
В этих храмах жить.

***

Калейдоскоп

Красный цвет – любовь и радость,
Голубой – небесный.
Сине-черный – буря, ярость,
Зелень – луг чудесный.

Мы плывем, как в разнотравье,
В океане цвета,
Наслаждаясь многоцветьем
В радуге рассвета.

Звон малиновый церквей,
Соловьины трели,
Мы летаем, как во сне
Нотками свирели.

Будет радость и любовь,
Ветер рвется в парус,
Открываем мира новь,
Ту, что в нем осталось.

***

Я люблю тебя так,
Как монеты бедняк,
Как декханин бесценную воду.

За единственный взгляд
Я отдать был бы рад
Одинокую злую свободу.

Пусть считает банкир,
Сальдо, взяв транспортир,
Измеряет именье любое.

За единственный взгляд
Я отдать был бы рад
Шар Земли с каймой голубою.

Как же хрупок мой мир,
Рвет реальность до дыр
Чернота злой разлуки с тобою.

***

Печаль на сердце - это грусть,
Знакома не железным.
Охватит сердце - ну и пусть,
Капканом бесполезным.

***

От безысходности наглея,
Попав в ужасный переплёт,
Беру пример я с Галилея,
садясь в последний самолёт.

***

Опять терзают вечные вопросы:
- "Скажи мне, мама .."
Творцы грядущего ещё курносы,
Туманна будущего панорама.

***

Хотел узнать все тайны мира
дремучий скитник старовер,
как физик ядерщик Шапиро
и друг электриков Ампер.

***

Как наша память нам горька,
И мы пытаемся сломить
сгоревшую до уголька
Воспоминаний нить.

***

Весь прошлый опыт не пригоден
и память - ношеная латка.
Как майский ветер ты свободен,
цветы магнолий пахнут сладко

***

Сегодня без малейшего вреда
погрузимся мы в мир в кино.
Нам улыбается мадам Скирда
В уютном зале пусто и темно

***

Мелодия флейты - пунктирная, странная,
На полураскрытых губах цвет вишни.
Объездила ты много стран, а я
вот наигрываю тебе чуть слышно.

***

Сквозь землю настойчиво, слепо,
- и это совсем не блажь -
росла и румянилась репа,
залогом больших продаж.

***

Воспоминаний зябкий дым
течет меж призрачных огней.
Очнулся бледным и худым,
мечтая трепетно о ней.

***

Как океаны широка,
тепла как одеяло,
лоскутная река Ока
ее водой стога помяло

***

Modus vivendi ленивого трутня -
легкий роман курортный.
Плачет на сцене изысканно лютня,
моден пиджак двубортный.

***

Жарко греет солнышко весеннее,
тает в речке ледяное крошево.
Расцветает, как бутон, везение,
рассыпает лепестки задешево.

***

Отсвет весеннего венка
и платьице в облипку.
Любовь к тебе так велика,
но обдерут, как липку

***

Касаясь нежно, властно,
мягко рояльных клавиш,
и забывая в этот
миг семь горьких бед,
ты ткань реальности
волшебно плавишь,
и в явь врывается
искусства бред

***

Отведав в ресторане супа,
заказываем Night .. Синатры
Он "золотой рукой" удачу щупал
сменив семь сорок на семь на три

***

Сегодня Вася очень горд,
и легок шаг его до пируэта.
Сегодня он решил кроссворд..
Неужто поумнел? С чего бы это?

***

Матч завершен, финал, свисток.
Про даму вспоминают кавалеры.
Они ведь отвлеклись лишь на чуток,
игра футбол интересует их без меры.

***

Пылал оранжевый закат,
влюбленные дарили ласки.
Пожизненный любви солдат
ей на закате строил глазки.

***

Тебя невестою назвать бы,
стройнее ты карандаша.
томиться в ожиданьи свадьбы,
прерывисто в Коран, дыша

***

Навстречу мне поторопись,
не пропусти свиданья миг,
хоть ночь безлунна, ты крепись
дождись сиянья глаз моих.

***

Под трогательно юной липкой
стихи слагались без помарок,
твоей весеннею улыбкой
жизнь освещалась, как подарок

***

Воздушный бой кружился дикою кадрилью,
визжали пули скрипкою цыгана.
Мы потеряли Мигов эскадрилью...
на горизонте расцвела фата-моргана

***

Морской воды прозрачные качели
Бросают вверх и вниз жестоко даже.
Вода проникла в трюм сквозь днища щели
Потонем, хоть мы профи в каботаже

***

Пылал оранжевый закат,
влюбленные дарили ласки.
Пожизненный любви солдат
Опять влюбился в эти глазки.

***

В жаре купейного вагона
тянулся полдень сонный, длинный.
Нам рассказал знаток жаргона
все сто оттенков слова блинный.

***

За краткий миг до поцелуя
ресницы смежила красотка.
С балкона громко негодуя,
кайф обломала чья-то глотка.

***

Тревожно сердце отстучит стаккато,
рискуя жизнью, истины увидишь вечные.
Рутины спутница твоя тоска-то,
адреналин поет, как воды вешние

***

Кошка лежит на учебниках - она ленится,
и так мило мурлычет, когда ее глажу.
Согрета кошкою теория Ньютона-Лейбница,
и с физикой и с кошкой я отлчно лажу.

***

В сияющие желтым светом окна
сентиментальная лилась баллада.
Ею заслушалась лежащая в кустах засада.
Сверкает охлажденная в графинах водка,
искрит обрезанная перед обыском проводка

***

В туманной мгле кораблик пробежал
близ острова, воспетого Бояном.
Норд ост свежел и лихо в парус жал,
гоня корабль в просторе окаянном.

***

Твое платье цвета индиго,
легкий ужин в баре суши.
Ты скорее ко мне иди-ка,
будем вместе бить баклуши.

***

Осенний дождик моросит,
дела плачевны ныне.
Не унывает одессит,

печали нет   в помине.

***

Ты обещаешь мне сюрприз,
в камине подпалив поленья.
Хрустальный звон в тиши повис.
Ну что же, начинаем пренья

***

Бриллиантами сияет на лугах роса,
лилии одеты в платья от Ле Монти
Соловьев хрустальные в небе голоса.
Наслаждаемся, пока Меган в ремонте.

***

Попугай кричит : "Карамба"!
Ищем клад на берегу.
Повзрослеть давно пора бы,
времени не берегу.

***

Лунный серп повис, как коромысло.
На вокзале ждали, куковали.
Время растянулось и зависло.
Зря, похоже, вещи паковали

***

Бахрейна нефтяные короли
Обогатили клан купца Али.
Простился он с Россисй стылою,
А заодно и с россиянкой милою.

***

В облаках. как обычно. витая,
вдруг заметишь: в пустыне - варан,
словно в строчках из дюн - запятая.
Их читают верблюд и баран.

***

Одна в хрустальной башне я,
весь мир вокруг развален.
толпа всё бесшабашнее
и злей среди развалин.

***

Повстречалась с Чеширским котом.
У него улыбка явно шире.
Весь он душка, лапка и притом
невидимка он, единственная в мире

***

Вооружусь волшебным   арбалетом,
ты, моя милая, лепешки испеки.
Уеду на охоту ранним летом,
свободный, как лентяи мотыльки.

***

Легко танцуем менуэт,
не счесть в печи полен,
но как ни чуден наш дуэт,
все суета сует и тлен

- -

Уже сварились крабы
и ужинать пора бы...
Как, ты забыла термос?
скверно...

***

Дождь, осень, небо как кисель.
Нам дней беспечных карусель
прервал вражды металл,
что мост любви взорвал.

***

Заворожен изысканным балетом,
задет стрелой Амура рикошетом,
я щедр, я подарю любимой бусы,
хотя предпочитаю сам арбузы.

***

Была предшественницей Евы ты, Лилит.
Недолгой жизни ограничен твой лимит.
Так бог решил, ты шепчешь: - умираю,..
но не раскаиваювюсь, нет, ведь я другая!

***

На диво чуден был певун,
касался он сердечных струн.
Прилежно изучая тантры,
он пел загадочные мантры.

***

Поедем в дедовский курень,
оставив суматохи хрень.
Я позабуду блеск столиц,
увидев взмах твоих ресниц

***

Под хрустальной чашей неба, синей, в белых
облаках

Мы живём, играя роли, у всевышнего в руках.
Призрачным фантомом счастья увлечённого актёра
Прогрешенья сосчитает глаз бессонный прокурора.

***

Ты прекрати, дружище, бредить.
Её браслет из жёлтой меди
скорее выкинь из кармана.
Любовь полна огня обмана.

***

Сладчайший и мягкий кусочек халвы
Услаждает язык, но не речи, увы.
Так ласкает наш взор ствол берёзы,
Но синоним он слова морозы

***

В смешной и нелепой шляпе,
Совсем не идущей папе,
Похожий на коммерсанта,
Для дочки он Клаус Санта.

***

Душа человека - летящая птица,
Но бренному телу не в небе родиться.
И рай нам почти что не помнится,
И плачет над нами смоковница.

***

Какой, скажи, судьбе нам бросить вызов?
Кричал отчаянно прыгун с карнизов.
Что лучше, водкой до смерти упиться
иль в здешней мутной речке утопиться?

***

В уютной глубине кабриолета
Любуюсь чудом из-за парапета.
Сияет Гелиос, на Родосе колосс.
Седьмое чудо света, бронзы воз.

***

Связала город ручейков тесьма,
Пришла и к нам проказница - весна,
Сменила жигули на блеск карет.
Клаксон звучит, как альтовый кларнет.

***

Опять в цветной, туманной мгле летаю в
предрассветном сне.
Тайга, река, стога, дома стоят внизу стена к
стене.
Когда б в реальности летать умела девочка
Джульета,
Сложилось веселее бы ее судьбы либретто

***

На российских дорогах кульбиты
Совершал «запорожец» убитый,
А вокруг в цветниках неполитых
краски смело смешались в палитрах.

***

Вот незадача: в своих мыслях гордо рея,
Сидеть, скучая, в недрах пыльного музея,
Над манускриптами страдал, сопел, корпел
Для вольной жизни предназначенный пострел.

***

- За все судьбу благодарим,
Пропел романтик пилигримм.
Но промолчал автоответчик,
Нет роуминга в крае речек.

***

Белеют на песке китовьи рёбра.
Сквозь них неспешно проползает кобра.
Песок, из золота червоного.
Часовня, колокол и звон его

***

Был вечер ветренный и снежный,
подонки довели до точки,
и так замедленно и нежно
душа рвалася на заточки.

***

Если вдруг рассказать эту тайну кому,
Можно вызвать забавнейшую кутерьму.
Я довольна такой ситуацией
И молчу с несравненною грацией.

***

Горят в смущении ланиты
Ну не смущай меня, уйди ты.
Купи себе кило гвоздей,
Сбей чучело и им владей

***

Печальный дождик моросил,
сквозь тучи поезд голосил.
На рельсах, кеак живая, Зина
и сломанная близь дрезина.

***

Две гламурные кефали
Вечеринку вдруг прервали,
И морской конек - лошадка
Покатал их долго, сладко.

***

Ты - не смиренный нищий инок,
Не плод бездельника ума.
Средь книг и джазовых пластинок
Реален, счастлив ты весьма.

***

Полно воинственных речей,
Брань заменяет звон мечей,
Горит зловеще глаз совы,
Мы с ней не спим, глядим, а вы?

***

Ты спросила меня: - Зачем
Мы здесь встретились, милый мой?
Не осталось любви совсем.
Тихо песню поет гобой.

***

Цвет кожи ласково коричнев.
Рассвет оранжевый чуть брезжит.
Воспоминаноем самым личным
Останется диванный скрежет.

***

Разыграем ноябрь по нотам,
Белоснежный расчертим наст.
И на зависть всем бегемотам
Потанцуем, во что кто горазд.

***

Пришла шифровка нам по рации
С невнятной подписью биджис.
Мол, все готовтесь к операции,
Грузите бочками кумыс.

***

Под облаком наглеющего гнуса
Шныряю по тайге я, как тушканчик.
Вчера увидел местного тунгуса.
Он мухоморы складывал в карманчик.

***

Старательно наивные девицы
Исписывали дневников страницы.
В них было жизни бледное подобие,
Утраченных иллюзий их надгробие.

***

Мчимся навстречу друг другу в прибое,
В бешеном ветре с тобою нас двое.
Шторму навстречу я салютую,
Тучу для нас он построил стальную.

***

Под жужжанье зверя - комара
Бронзовела сосен там кора.
Егерь был ловцом толковым,
Зверя бил он метким словом.

***

След птицы в небе растворится,
Исчезнет купленная пицца,
Прольется музыка молитвой
Над разноцветных крыш палитрой.

***

"Нам по полю голышом бы,
Только бы не в клети.
Люди, ружья, пули, бомбы",
- завздыхали йети.

***

Облака набухли выменем,
Пахнет сладко спелая вишня.
Сердце бредит твоим именем.
Всё, что кроме - тема лишняя.

***

В плену желтеющих песков
Ищу оазиса плоды.
Возник мираж и был таков,
Обманчивый, как все мечты.

***

Откажусь от лондонского шика
Ради блеска солнечного блика.
Даль морская - жизненный стандарт,

Здесь Сон Дали и стиль поп арт.

***

В лавине туч вместо закладок
Разряды молний - знак загадок,
Но человек так слеп и мелок,
Среди хлопот, болезней, грелок..

***

Караван окружили барханы.
На верблюде отлично спится.
Бедуины вдали махали.
Полыхала огнем зарница.

***

Он от рожденья дурачок,
Корявой стружкой речи жесть.
Людей бежит он, как волчок
Взьерошив реденькую шерсть.

***

Мы - открыватели Америк,
Надежд был океан безбрежен.
Предел прогулок - этот скверик,
Хранитель ангел наш изнежен.

***

Испекла пирог на всю ораву,
Начался предпраздничный сумбур.
В новый год семья имеет право
На пирог, сумбур и каламбур.

***

В сияньи ласковых очей
Под неумолчный крик грачей
Богов бессмертный пантеон
Записывал на парте он

***

Не знаю точно, я жива ли.
Толпа и будни все сжевали.
Но вновь летаю, засыпая,
Про невозможность крыльев зная.

***

Кричу в отчаяньи: - Кретин дремучий!
Когда же жизнь тебя уму научит?
Двух наших жизней тонкие мелодии
Ты превращаешь в бледные пародии.

***

На ночь глядя спросила себя.
За окном засыпает Самара.
Свою жизнь на осколки дробя,
Как спастись от любви пожара?

***

Моё любимое бельканто
Поёт сегодня в платье с бантом.
И пляшут славно двойники -
У пианиста две руки.

***

Соломенного цвета локоны
Под серенькой косынкой спрячь.
Душа заледенела в коконе,
Судьбою брошенном, как мяч.

***

Под аборигенов косим,
В пабе встретимся мы в восемь.
Мокрый, серый, строгий Лондон
Так подходит к нашим мордам.

***

Дробясь, танцуют лики смерти,
Разводы крови на мольберте.
На плахе чертит трафарет
Нож гильотины как портрет.

***

При свете томном канделябра
Прощаясь с жизнью постепенно
Солдатик оловянный храбро
В поток реки ныряет пенный

***

Устроим братцы-музыканты славный джем,
Мелодию фантазией расцветим с вами,
Набросим на мотив виньетки, словно крем,
Украсим кстати нашу музыку словами.

***

Слепая дремлющая сила
Рождала гневные слова.
- Не надо, - нежно попросила

Прополки ждущая ботва.

***

Нет решенья у вечных вопросов,
задаваемых пиплом поспешно.
Словно косточки у абрикосов
заполняют они мир грешный.

***

поэт, лови
рассвет любви
люби луну
в её плену

***

С тобой по улице пойдем,
С гармонью ты да я - втроем.
Стог сена, улица, сарай.
Мне на гармони поиграй.

***

Реальной ткани бытия
Отбросив лёгкую вуаль,
Его лицо на медальоне
Сияет жизнью сквозь эмаль.

Мой дед, герой и командарм,
Погиб на поле брани,
Но весело смеётся в искристой
Медальонной филиграни.

Оставив пенный, белый след,
Корабль отринул парапет,
Уплыв туда, где клавесины

Поют и зреют апельсины.

***

День сегодня как пустыня,
Дятлы вон исчезают вдали,
Лесорубы секвой, сделав имя,
Заточили топор и ушли.

***

Люблю я море, скорость, паруса,
Пустыня - негатив, кошмар из сна.
Ни капли влаги, волны из песка,
Верблюд, влекомый парусом горба.

***

Февраль любить под пистолетом,
Как нелюбимую жену.
А февралю и дела нету,
Что не его жду , а весну.

***

Снился ли
Ты мне, Ли,
Много ли,
Мало ли.
Вьюги ли
Вымели
Лунный лик
Мао Ли.

***

Антироманс.

Светоносный, как легко вздохнуть,
Ночь застыла янтарём в конверте.

Смерть, потом рожденье после смерти.
Ясный, светлый, всенародный путь.
Светоносный, как легко вздохнуть.

***

Жаркий Израиль,
Россия в снегу,
Рада поздравить,
Счастья в Году!

Наша планета
В блеске морей
Мчится, как ала
В мелькании дней.

Не телепатия,
А Интернет -
Сквозь расстояния -
Дружеский свет

***

Вот такое у нас лето:
Мокрый снег на зелень лёг.
Пострелять из арбалета
В шубке беличьей я смог.

***

Красивые аквалангисты
Пускают пузырьков монисты.
Изящные аквалангистки
Среди монист играют гибки.

***

Воспитание воспитателей

Родители так непослушны,
Их нужно перевоспитать.
Заплачь - накормят и на ручки.
Их, главное, не баловать.

***

Мне снился сон, летали пчёлы,
Цвела сирень на берегу.
Качнулся мир, как борт гондолы,
Земля встряхнулась на бегу.

***

На золотом огне заката
Взлетают птицы из травы.
Вихрь листьев меркнущего злата
Взметают выше головы.

***

Капризный самоубийца.

Бритвой вены резать больно,
Руки скользкие от крови.
И наркотик и лекарство -
оба горькие, заразы.
Незаконно застрелиться,
Прыгнуть в петлю - тяжкий грех
Газ удушливый - вонючий
Проще жить, как человек.

****

Из праздничных высот
В туманы серых будней

Души стремительный полёт
Проклятою колдуньей
Судьбой иль временем
Напрвлен — всё равно.
Заботы бременем
Утянут нас на дно.
Один маяк, горя в дали
Морской, сине-туманной,
Ведёт надежды корабли
К земле обетованной.

***

Вельможны ясны паны,
С праздником всех вас!
С горилкою стаканы
Поднимете сейчас.
Вольготно и уютно
За праздничным столом.
Беспечно, многолюдно,
Мы весело живём.
Счастья и удачи,
Мыслей в котелке,
С дружеской подачи
В нашем уголке.

***

Светила полная луна,
Кто бил рекорды, кто тревогу,
Весь день, исчерпанный до дна,
Привел нас к одному порогу.

***

Угрозы гонят вдохновенье,
Его немыслимо догнать.
Любви и дружбы дуновенье
Способно вдохновенье дать.

Хокку.

Закружит осень
оранжевых листьев вальс.
Музыка ветра

***

Луна затмила
Солнечный лик однажды,
В звёздный час Луны.

***

Зонтик медузы
Раскрылся в воде цветком
Фиолетовым.

Кот

Кот любимый, бело-рыжий.
Гладкий мех, кривые когти.
Взгляд янтарный и бесстыжий,
И на шейке бант бархотки.

Философски наблюдает
Стайку птичек за окном.
Он за них переживает,
Глаз не сводит день за днем.

Весь в заботах постоянно,
Ни минутки праздной нет.
Мех почистить, помурлыкать.
Там, глядишь, уже обед.

По хозяйски проверяет
Кот владения свои.
Всех встречает, провожает.
Сумки смотрит изнутри.

От соседской, злой собаки
Он квартиру защитил.
В этой славной шумной драке
Кот, конечно, победил.

Прокатился на злодейке,
Поцарапал ей бока.
Остальные приключенья
Будут завтра, все, пока.

Свистели раки на горе,
Четверг пылал закатом.
Гроза прошла, и в мартобре
Тебя осыплют златом.
***

Стирая в пыль клавиатуру,
И коротая вечера,
Писатель, ценящий культуру,
Свободе учит до утра.

***

Каждая снежинка — мирозданье,
Уникальное в своей красе.
На ладошке снег растает от дыханья,
Возродится вновь вода в росе.

***

Зябкою дЫмкой мороза
Дышит бродяга февраль.
Хрупкая белая роза
Ляжет на окон хрусталь.

В праздник поздней зимою,
Когда цветы не цветут,
Я подарю тебе, милый,
Нежность, тепло и уют.

Много ясных ночей,
Полных радостных грёз,
Я провёл средь полей,
Белоствольных берёз.

***

Жаркий Израиль,
Россия в снегу,
Рада поздравить,

Счастья в Году!

Наша планета
В блеске морей
Мчится, как ала
В мелькании дней.

Не телепатия,
А Интернет -
Сквозь расстояния -
Дружеский свет

***

На золотом огне заката
Взлетают птицы из травы.
Вихрь листьев меркнущего злата
Взметают выше головы.

- -

Две бездны, две стихии
Живут в душе моей.
Простор небесный, синий
И глубина морей.

***

Снег милосердно покрывает
Земную грязь до теплых дней,
Как благородные седины
Грехи подонков в юбилей.

***

Стремясь достичь кормила власти,
Теряют совесть прохиндеи.
Ведь независимо от масти,
Что охраняли, то имели.

***

Сладкий сон коснулся твоих ресниц
И рука устало упала вниз.
Чудеса тебе снятся иль бабочки лет,
Кто узнает и кто поймет,

***

Люблю я море, скорость, паруса,
Пустыня - антипод, кошмар из сна.
Ни капли влаги, волны из песка,
Верблюд, влекомый парусом горба.

***

Я люблю тебя так,
Как монеты бедняк,
Как декханин бесценную воду.

За единственный взгляд
Я отдать был бы рад
Одинокую злую свободу.

Пусть считает банкир,
Сальдо, взяв транспортир,
Измеряет именье любое.

За единственный взгляд
Я отдать был бы рад
Шар Земли с каймой голубою.

Как же хрупок мой мир,
Рвет реальность до дыр
Чернота злой разлуки с тобою.

***

Сети тащат мертвеца,
Войнам не видать конца.
Если б встретил гнома йети,
Пообедал б гномом этим.

***

Ночь нежна, мелькают тени.
Сквозь ресницы мы в смятеньи
Смотрим, как на незнакомца,
На старинного знакомца.

Ты и я два года спорим,
Балагурим, сайты строим,
Но пришла царица ночь,
Отвела былое прочь.

Нет ни слез, ни прежней боли,
Сердце птицею в неволе
Бьется тихо – не вспугни.
К сердцу своему прижми.

Предстоит нам узнаванье.
Ночь подарит обещанье
новых встреч и новых чувств,
и любви – венца искусств

Весна

Грядёт весна и обновленье чувств,
А с ней любовь – основа всех искусств.
Создать стихи, висячие сады
Легко, смотря в любимые черты.

***

Сладчайший и мягкий кусочек халвы
Услаждает язык, но не речи, увы.
Так ласкает наш взор ствол берёзы,
Но синоним он слова морозы

Бермудский треугольник

Над океаном плыл рассвет.
Светлело небо, голубея.
Фелюга* шла к Бермудам, нет
Таинственней загадки, злее.

Проникнув в эпицентр Бермуд,
мы видим розу из тумана.
В ней тени кораблей плывут,
"Мэри Селест" без капитана.

Ворота в рай иль ад, не знаем,
но мы войдем туда сейчас.
Сиянье ширится, сгораем...
Не поминайте лихом нас.

---

* Фелюга
(итал. feluca, от араб. фулука = лодка), небольшое
парусное судно прибрежного плавания;
используется в Средиземном, Чёрном, Азовском,

Каспийском и Аральском морях для перевозки
грузов или рыбного промысла. Оснащена косым
четырёхугольным парусом, а часто и двигателем.

***

В зябком лунном свете спит лагуна.
Город спит, и лес прибрежный спит.
Лошадь загулявшего драгуна
Щиплет травку в поле без обид.

***

Государства тратят деньги
Потому что они есть,
Потому что захотели
И необходимость есть.

***

Смена дня и ночи, вечный транзит тьмы,
На огромном глобусе пассажиры мы.
Падают каскадами реки на ресницы
Матушки Земли, звёздной колесницы.

***

Дойдя до истины простой,
Не знаю, как вам объяснить:
Чтоб насладиться красотой,
С реальностью порвите нить.

***

Ветер и деревьев тени
Оплели берез колени.
В милом я души не чаю,
Очень по нему скучаю.

Родной город

Град, как жемчужина в ларце,
Рожден во тьме веков,
Стоит он на границе
Седых материков.

Суров и неприступен
Для злобы и вражды,
Для доброты открыт он
И полон красоты.

Его хранит десница
И бога и времён,
И потому он снится
Тем, кто в него влюблён.

Над книгой работали:

Отв. редактор Eugene Manel
Дизайн обложки Olanga Jay
Артдиректор Mary Benson
Верстальщик Jason Campbell

IGRULITA Press, Berkshires, USA
Contact: igrulita@vfxsystems.com
ISBN 978-0-9826260-8-5 Тираж 50 000